JN081651

劣等紋を持つ錬金術師、
神々に育てられ望まず最強に！
赤川ミカミ
Mikami Akagawa
illust: 或真じき
KiNG novels

好奇心旺盛な少女
ペルレ
積極的なお嬢様
ヴィリロス

お姉ちゃんな女神
グルナ

「んっ♥　あぁ……ジェイド、んっ……」

「ジェイドくん、れろぉ♥」

グルナとペルレが俺に身体を寄せ、思い思いに愛撫してくる。

押し当てられる大きなおっぱいの柔らかさと、
異性の舌や手が身体をなぞる気持ちよさがたまらない。

「んっ、ふぅ、んぁっ♥」

「おち○ちんも、気持ちよくしていきますね」

美女に左右から奉仕されながら、俺はヴィリロスの腰へと
力強く突き込んでいった。

「わたくしももう、ん、あ……ああっ！」

劣等紋を持つ錬金術師、神々に育てられ望まず最強に!

赤川ミカミ
illust：或真じき

KiNG novels

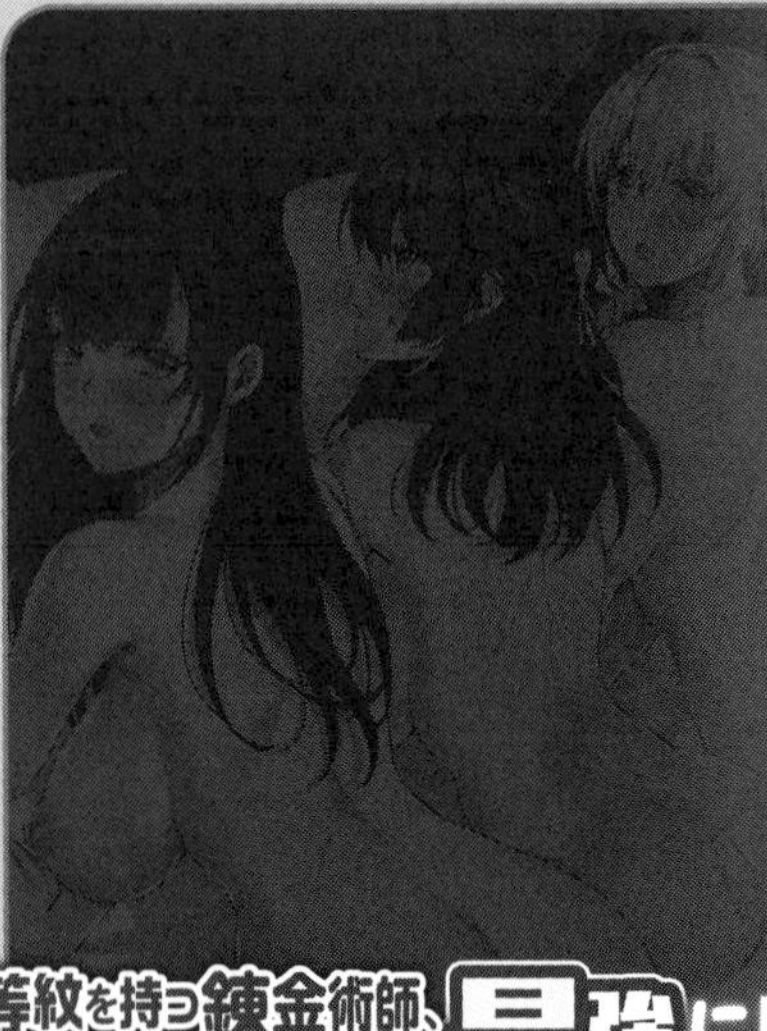

劣等紋を持つ錬金術師、神々に育てられ望まず最強に!

contents

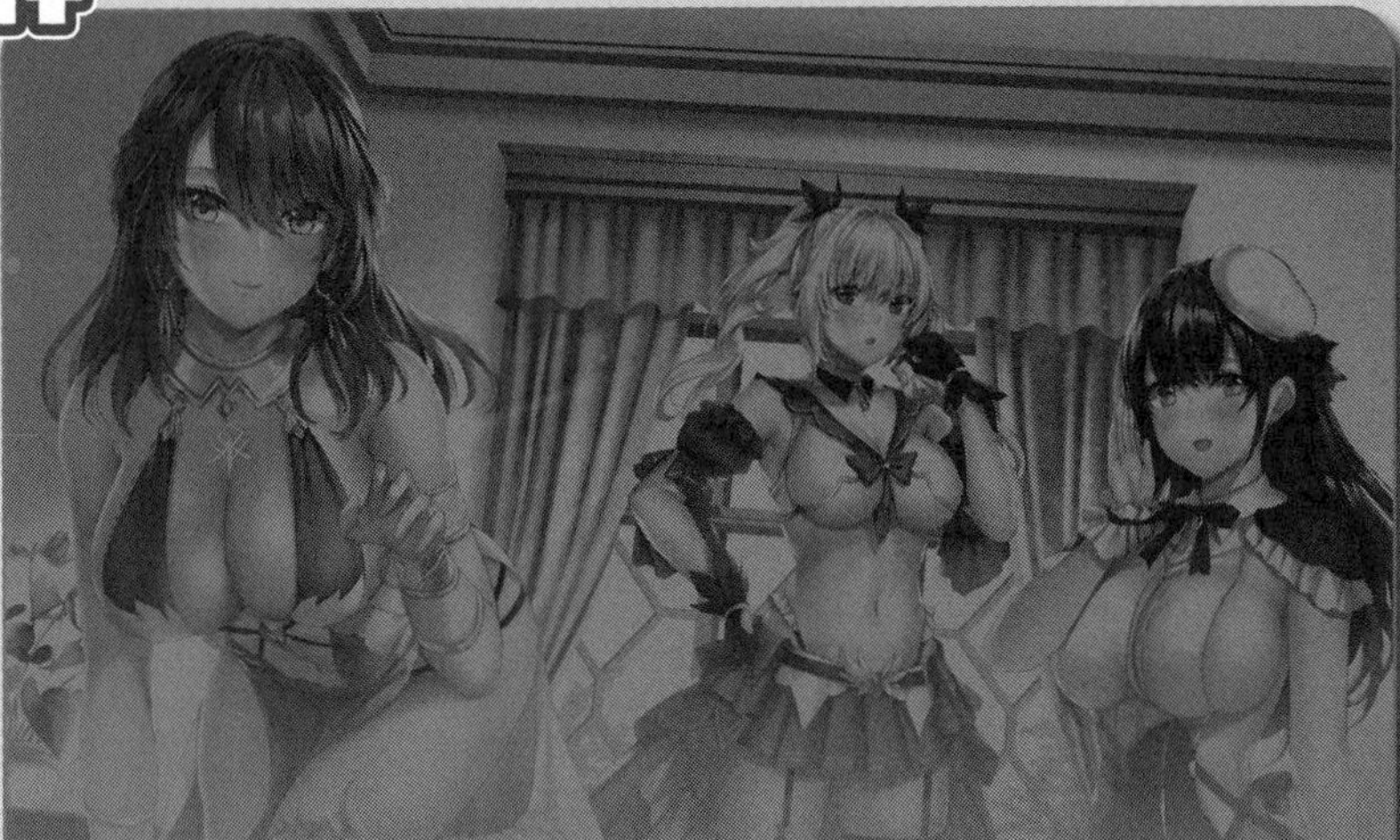

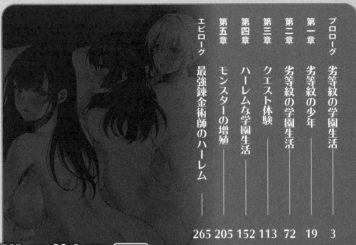

プロローグ　劣等紋の学園生活

一流の冒険者を輩出し続けた伝統を持ち、当然のようにそれを期待されてもいる、国内トップクラスの学園。

国中から集まる精鋭たちによってさらなる授業レベルの上昇が起こり――今ではすっかり、この学園の卒業生であることが権威化してもいた。

多くの受験生が訪れるため、倍率がどうしても上がってしまうのが悩みの種だったが、それも解決し始めている。

優秀な卒業生を求める貴族たちが競って学園に出資するようになったことで、実力さえあれば誰でも入れるようになったからだ。

もちろん、試験さえくぐり抜ければ、だが。そうすれば、一流への道が誰にでも開ける。

そんな恵まれた学園だということもあって、生徒たちに与えられる寮の部屋も、学生向けとは思えないような広さだった。

並ぶ調度も、貴族ほどではないものの、庶民ではそうそう揃《そろ》えられないような、なかなかのものばかり。

かつては、「劣等紋」を持つというだけの理由で親からも捨てられた俺だったが、様々な状況を経て、今はそんな豪華な部屋を与えられる立場になっていた。

さらに……。

今、俺の部屋のベッドには、三人の美女がいる。

「ジェイドくん、こっちへ」

そう言って声をかけてくるのは、クラスメートのペルレだ。

長く艶やかな黒髪。

ぱっちりとした瞳の、明るい少女だ。

かわいい顔立ちの美少女だが、さらには大きなおっぱいが胸元で揺れており、そちらも多くの男子の目を惹きつけている。

そんな彼女が服をはだけさせ、ベッドの上から俺を呼んでいる。

その姿を見れば、男なら飛びつきたくなること間違いなしだ。

「私が脱がせてあげよう、ほら」

そこで横から、俺の服に手をかけてきたのはグルナ。

彼女は赤髪で、年上の女性だった。

きりっとしたタイプの美人で、俺との付き合いは長い。

少し特殊だった育った環境のせいもあって、普段は俺の姉を自称する彼女だが……。

たわわな爆乳を使って、夜の面倒を見てくれることも多いのだった。

グルナはすっかりと慣れた手つきで、俺の服を脱がせていく。

「ズボンも下着ごと脱がしちゃって、と……」

俺を、あっという間に裸にしてしまう。

「まだこっちは反応してないんだ……つんつん」

グルナの指が、肉竿を軽くつついてくる。

「たくましい姿もいいけど、この状態もかわいいな」

そう言いながらペニスをつまみ、軽くいじってくるのだった。

「ジェイド、わたくしも準備できていましてよ」

そう声をかけてきたのは、同じく裸になっていたヴィリロスだ。

きれいな金髪のお嬢様で、派手なタイプの美人。学園でもいちばんに目立つ存在だ。

その美貌はもちろん、成績優秀で家柄もよく、高嶺の花として憧《あこが》れられている。

そんな彼女が今、最高に魅力的な肢体をさらしてこちらを誘っていた。

「ジェイド、んっ……」

彼女は俺を抱き寄せて、キスをしてきた。

俺がそれに応えている間に、ほかのふたりも残りの服を脱いで俺に寄り添ってくる。

「今日もたくさんしようね♪」

そう言いながら、かわらしいくペルレがぎゅっと抱きついてくる。

むにゅんっと、やわらかなおっぱいが当てられて気持ちがいい。

柔肉を押し当てられる感触を味わっている間に、グルナたちもすっかり全裸になっていた。

裸の美女三人に囲まれる、豪華な状態だ。

「それじゃさっそく、わたしたちみんなで責めていくね♪」

そう言ったペルレが、俺の身体に指を這わせ始める。

「あむっ……」

続いてグルナとヴィリロスも、身体を押し当てたり愛撫したりし始める。

「れろっ……さすさす……」

「うっ……」

耳を舐められてくすぐったさを感じていると、今度は乳首のほうを刺激されていく。

囲まれているせいで、常に予想外のところから刺激がくる感じだ。

「お耳をぺろぺろして……んっ、ちゅっ♥」

「乳首転がすの、気持ちいいですわよね？　れろれろれろれろっ……」

「あむっ……じゅるっ……ちゅぱっ♥」

耳を舐められる刺激に加えて、音によるいやらしさも合わさっていく。

他の場所を舐められるよりもずっと直接的に、卑猥な水音が頭に響いてくるのだ。

「んっ♥　あぁ……ジェイド、んっ……」

「ジェイドくん、れろぉ♥」

「わたくしも、ん、あぁ……」

三人ともが俺に身体を寄せ、思い思いに愛撫をしてくる。

押し当てられるたくさんのおっぱいの柔らかさと、女性の舌や手が身体をなぞる気持ちよさ。

「んっ、ふぅ、んぁっ♥」

「おちんちんも、気持ちよくしていきますね」

細い指が肉竿を掴み、軽く上下にしごいてくる。

さらに別の手が、先端を撫でるように動いて快楽を与えてきた。

「しこしこー」

「お耳を舐められながら、れろぉっ……おちんちんをしごかれるの、気持ちいい？」

「ああ、すごくいいよ」

俺は素直にうなずき、その快感を受け取っていった。

美女に密着され、異性の象徴であるおっぱいを感じながら、耳や肉竿までを愛撫される。

最高に豪華で、すごく気持ちいい状態で蕩かされていく。

「んむっ、れろろっ……」

「しこしこー、しこしこ」

グルナが耳の中まで舌を入れて、性感をくすぐってくる。

「じゅぷっ……れろぉっ、じゅぽっ……」

そのいやらしい水音を直接聞かされると、どうしても気分が盛り上がっていった。

「しこしこー、こうして、ちょっと手をひねるようにして、くりくりー」

ペルレが手コキを強める。手をひねるときに、指が裏側にもこすれて気持ちよかった。

「乳首ももっと感じてくださいね。れろれろれろっ……」

そしてヴィリロスは乳首を開発してくる。

そんな三者三様の熱心な愛撫に、包みこまれているような心地よさだ。

この学園に来て、それなりに成果を出して……よかった。

以前の生活では考えられないようなハーレムだと思う。

「あむっ、じゅるっ……」

「れろっ……ちろろっ……」

「しこしこー、しゅっしゅっ……」

愛情いっぱいのハーレム愛撫で俺は、どんどんと気持ちよくなっていく。

三人もの美女が俺を求めて、気持ちよくしてくれている。

雄《オス》として最高の状況だろう。そんな幸福感にどっぷりと浸っていた。

「あむっ、じゅるっ……それじゃ、次はおちんちんを舐めますわね？」

そう言ったヴィリロスが、乳首から足の間へと降りてくる。

「じゃあ、わたしはもっと根元のほうをしこしこー」

ペルレは場所を空けるように、手の位置を動かしていった。

「あ、でもそれなら、身体ごと変えよっか。ん、しょっ……」

ペルレは俺の後ろ側に回り、背後から抱きつくようにしてくる。

「んっ……♥　乳首、ジェイドくんの背中にこすれちゃうね♥」

むにゅりとまた、柔らかなおっぱいが押し当てられる。

同時に今度は、ぴんと立った乳首もしっかりと感じることができた。彼女も興奮しているようだ。

「あっ、んっ……♥」

そのままの体勢で、軽く身体を揺するようにするペルレ。

おっぱいと乳首が背中に擦りつけられて、俺はもちろん、彼女のほうも気持ちがいいらしい。

「あふっ、このまま、後ろからおちんぽを握って、しこしこするね」

「では、わたくしは先端を……あむっ♥」

ヴィリロスの口が、ぱくりと肉棒を咥えこんだ。温かな口内に亀頭が包みこまれる。

「れろれろれろっ……ちゅぷっ……」

そしてそのまま、彼女は舌で亀頭を舐め回してきた。

「う、あぁ……」

唇がねっとりと、カリ裏を刺激してくる。

「あむっ、じゅるるっ、じゅぷっ……」

その間にもグルナは耳責めを続けていた。ペニスを咥えられていると、耳からの卑猥な水音が余計に想像力を煽《あお》り、気持ちよさを跳ね上げていくようだ。

「んむっ、じゅぷっ……」

「れろろろっ、ちゅぱっ……」

「しこしこ、しこしこー♪」

舐め回すようなフェラと同時に、射精を促す上下の動きで手コキされていく。

「あむっ、じゅるっ、じゅぷっ……」

ヴィリロスが軽く前後に顔を動かして、先端を中心に口内で肉棒を刺激してくる。

「しこしこー、硬いおちんちん、いっぱい擦って気持ちよくしていくね。んっ♥」

後ろから抱きついているペルレが、自身の身体も揺らしながら肉棒の根元をしごいてくる。

「あむっ、じゅるっるっつ、じゅぷっ……」

「ん、ふぅっ、あぁ……♥」

おっぱいを擦りつけるペルレ自身の興奮に合わせて、肉竿をしごく手も速くなっていった。

「あふっ、ん、ほら、ジェイドくんっ、おちんちんしこしこー。どろっどろのせーえき、びゅーびゅーしちゃおうね♥」

「ペルレ、うっ……出そうだ」

彼女の手はどんどん速くなり、その快感で精液が上ってくる。

「るるっ……ん、ふぅっ……我慢汁、いっぱい溢れてますわね♥ あむっ、じゅぽっ……そろそろ出そうなんですの？」

「ああ……うっ……で、出るよ」

「じゅぶぶぶっ！」

俺が答えると、ヴィリロスはさらに吸いついてきた。

学内でも目立つ美人が、俺のチンポにしゃぶりついている。鈴口に舌を押しつけ、精液をねだっているのだ。その光景はとてもエロい。

「ほら、んっ♥ おちんちんしこしこ、しゅっしゅっ……。ヴィリロスさんのお口に、濃いせーえき、たくさん出しちゃお♪ 我慢しないで♪」

「う、あぁ……ペルレ、そこ、そこがいいよ」

ペルレの手は休まず動き、心地よい射精を誘うに強弱をつけながら動いていく。

「じゅぷぷっ、じゅるっ、れろぉっ♥」

ヴィリロスに直飲みさせるためのミルクを、ペニスから絞り出すかのような手つきだ。

「しゅっしゅっしゅっ、しこしこしこしこっ♥ お口から溢れちゃうくらいザーメン出しちゃえ♥ 喉までぴゅーって濃いせーえき♪」

「あぁっ……もう、うっ……」

「じゅるるっ♥ じゅぷっ、ん、ふぅっ♥ 出そうなんですわね？ あむっ、じゅぽっ、ちゅぅっ……じゅぶぶぶぶっ！」

射精の気配を感じ取ったヴィリロスが、一段と強くバキュームしてくる。

「う、出るっ！」

「じゅるるっ、じゅるっ、ちゅううぅぅっ！」

「ああっ！」

俺はヴィリロスに吸われるまま、お嬢様の口内に精液を吐き出していった。

「わっ、おちんちん、ビクビク震えながら射精してる♥　熱い塊が尿道を通って、ほら、びゅっ、びゅっ、びゅー♪」

「んむぅっ♥　ん、んくっ、んぁっ……♥」

ペルレが絞り出すように肉竿をしごき、しっかりとヴィリロスの口内へと押し出していく。

「んむっ、んくっ、ん、ごっくん♪」

そしてヴィリロスが、それを余さず飲み込んでしまうのだった。

「あふっ♥　ん、ちゅぅっ♥」

そして最後にまた、軽く吸われてしまう。射精直後の肉竿を吸われるのは刺激が強すぎる。

「うっ……はぁああ……すごいよ」

そんなことを考えていると、今度は彼女たちがベッドへと寝そべり、誘ってくる。

「ジェイド……あんなに濃いのをお口に出されたら、こちらにも欲しくなってしまいますわ」

そう言ってヴィリロスが四つん這いになり、お尻をこちらへと向ける。

高く上げられたお尻の下で、その蜜壺がもう愛液を溢れさせていた。

「私も、ほら、こんなに……」

グルナも割れ目をこちらへと見せ、準備ができていることをアピールしてくる。

「ジェイドくん、見て……♥　こんなに、んっ……」

ペルレは仰向けになると、はしたなく足を広げ、自らの指でくぱぁっとおまんこを広げて見せつけてきた。すっかりと愛液でぬめりを帯びた、ピンク色の内側が俺を誘う。

雄の肉棒を待つそのうねりに、欲望が膨らんでいった。

俺はさっそく、そんなペルレに真っ先に覆い被さり、肉棒を挿入していく。

「あっ、んぅっ……♥」

もう十分に濡れていたおまんこは、スムーズに肉棒を受け入れていった。

俺はそのまま、快感を求めて腰を動かしていく。

「あふっ、ん、あぁっ……♥」

彼女は声を上げながら、ピストンに合わせて身体を揺らしていく。

そのタイミングで、大きなおっぱいも揺れていた。

俺は腰を振りながら、横のグルナとヴィリロスにも手を伸ばす。

こちらも十分に濡れていたおまんこを、指でいじっていく。

「あんっ、んっ♥」

「ふぅ、ん、あぁっ……！」

美少女に挿入しながら、両手で同時に、さらにふたり分のおまんこをいじり回していく。

くちゅくちゅと音を立てるおまんこ。指先をたっぷりの愛液で濡らしながら、腰も振っていく。

「んはぁっ♥　あっ、んんっ……！」

「ふぅ、んぁっ……」

「あふっ、ああっ……♥」

三人が嬌声をあげるのを聞きながら、手と腰を動かしていった。

「あふっ、ん、あぁっ……♥　そんなに、あっ、いじっちゃだめぇっ……♥」

そう言いながら、グルナが腰を突き出すようにしてくる。言葉とは裏腹に、さらに快楽を求めてくるそのドスケベさにそそられながら、期待に応えるべく手を動かした。

「んはっ♥　あ、んぅっ……そんなに激しくしたら、んぁっ、ああっ……わたくし、指だけで、んあっ、あああっ！」

必然的にもう片方も激しくなったので、ヴィリロスがかわいらしい声を出していく。

「あふっ、あんっ、あっ……」

「んぅっ、あ、ダメですわっ♥　あ、んはぁっ……」

両側からの嬌声を楽しみながら、ペルレへのピストンも加速していった。

「んはぁあっ♥　あっ、おちんちん、奥までズンズン来て、あっあっ♥　んっ、あふっ、あぁっ……！　んぁっ♥」

ペルレが激しく喘ぎ、膣道を締めつけてくる。蠢動する膣襞が肉棒を抱き締めるので、力強く突けば突くほど、とても気持ちがいい。セックスしているという実感がある。

「あぁっ、ん、はぅ、んぁっ……♥」

「あっあっ♥　わたくし、んぁ、あふぅっ……」

「ジェイドくん、奥に、あっ、ああっ……！」

どうやら、ヴィリロスとペルレはもうイキそうみたいだ。

それを意識しながら、俺はラストスパートをかけていった。

「んはぁっ♥　あっ、あんっ、ああっ……♥」

「らめぇっ♥♥　あふ、もう、んぁ、あうぅっ……！」

腰と手をなんとか動かしていくと、彼女たちが最後の嬌声をあげた。

「んはぁぁっ♥　あっ、イクッ、イックウゥゥウッ！」

「わたくしも、あっ、んはぁぁぁっ♥」

「うっ……きついよ……ペルレ」

ふたりが絶頂し、その膣内がぎゅっと締まる。

「あふっ、ん、あぁ……♥」

「あうぅっ……ん、ふぅっ……」

エロいイキ姿を見せてくれたふたり。彼女たちは絶頂の余韻で脱力している。

そんな彼女たちを見つつ、俺は残ったグルナを抱き寄せた。

「あんっ♥」

腕の中に収まった彼女を、ベッドに寝かせる。

そのままうつ伏せになった彼女の丸いお尻と、その奥で濡れている陰裂が俺を誘う。

俺はやや強引に掴んで、グルナの足を少し開かせる。

「あっ、んぅぅっ♥」

まだひとりだけイっていない彼女のおまんこに肉棒を挿入していった。

「あふっ、ん、あぁぁっ……弟ちんぽ、はいってきたぁっ……♥」

三人のなかで、俺のモノをいちばん受け入れ慣れたその膣内は、すぐにぴったりと吸いついてくる。そんな愛しいグルナの膣内を、俺はハイペースで突いていった。

手マンで濡れて充分にほぐれていた膣内は、肉棒を包みこんで震えている。

蠕動するその膣襞を擦り上げながら、おまんこをかき回していく。

「ああっ♥　ん、はぁっ、んくぅっ……♥　ジェイド、あっ、ああっ……！」

寝バックでピストンを行っていくと、グルナは足を閉じるようにして加圧し、肉棒をさらにきつく締めつけた。

「うっ……」

「んはぁぁっ♥　あ、ああっ……♥　私のおまんこ、ジェイドのおちんぽにぞりぞり擦られて、んあっ……おちんぽのかたちにされてるっ♥」

すっかり乱れながら嬌声を上げるグルナ。俺は後ろからそのおまんこを、どんどん突いていった。

「あっあっ♥　ん、はぁっ、あくぅっ……♥」

ピストンの度に喜び、膣襞がきゅうきゅうと締めつけてくる。

「んあはぁっ♥　あっ、すごい、ああっ……！　太いおちんぽに、いっぱい押し広げられて、あっ、んはぁっ……」

グルナが快感に反応しながら声を上げていく。

蠢動する膣内を往復しながら、肉棒を隙間なく打ちつけていった。

「あっ、んぁっ、イクッ！　もう、あっ、あぁぁっ、イクゥッ……！」

「ぐっ、俺もそろそろ出そうだ。……このままいくぞ！」

「んはぁっ♥」

俺はラストスパートで、腰を動かしていく。

「あんっ♥　あっあっ♥　ん、はぁっ、んくぅっ！　もう、あぁっ、んぁ、イクッ、イクイクッ、イックウウゥウゥウゥッ！」

びゅるるるっ、びゅく、どびゅっ！

腰を突き出し、彼女の中で思いきり射精した。

「んはぁぁっ♥　あっ、あぁっ、熱いの、奥にベチベチあたってるぅっ♥」

絶頂中に中出し射精を受けて、グルナが嬌声を漏らしていく。

俺はそんな彼女の中に、余さず精液を注ぎ込んでいった。

「んはぁっ、あっ、あぁ……♥」

そして射精を終えると、肉棒を引き抜いていく。

「ふぅ……」

射精後の満足感と倦怠感に浸っていると、そんな俺の元に、ヴィリロスが近づいてきた。

「ふふっ、おちんぽ、お掃除してあげますわ♪」

そう言いながら、ヴィリロスは肉棒を咥えこんだ。

「うっ……あ、まだ……」

射精後の敏感なところを、口内で舐め回されてしまう。

「あむっ、れろっ……じゅるっ……」

ヴィリロスは丁寧に肉棒を舐めていった。尽くされる感じは、ほんとうに気持ちいい。

「あむっ、じゅるっ……ふふっ、出した後なのに、おちんぽ、元気なままですわね」

「そりゃ、こんなふうに口でされたらな」

言いながら頭を撫でると、彼女は嬉しそうに目を細めながら、肉棒をしゃぶっていった。

「れろっ……ちゅぷっ……ん、あふっ……」

ヴィリロスの舌がカリ裏の汚れもしっかりと舐めとり、フェラを続けていく。

「れろろっ……ん、ぺろっ、ふぅっ……♥　ねえ、これだけ元気なら、もう一度お射精したいと思いませんか？」

そう言いながら、誘うような上目遣いで見てくるヴィリロス。

「最初からそのつもりだっただろ？」

俺が尋ねると、彼女はいたずらっぽい笑みを浮べた。

そして肉棒から口を離すと、俺におまんこを見せつけてくる。

俺はもちろんその誘いに乗り、彼女を押し倒すのだった。

こうして、美女たちに囲まれ、沢山エッチなことをする夜がふけていく。

それも全部、この学園に来てからのことだ。

俺はぼんやりと、これまでのことを思い出すのだった。

第一章　劣等紋の少年

十七年前。

とある貴族に仕える使用人の女性が、ひとりの赤子を抱いて森へと入っていった。

その森は神々が住まうとされる、神聖な場所だった。

様々な生物がいるはずなのに、不思議としんと静まった森だった。

神々が住まう、という話になったのもうなずける雰囲気。

使用人が抱く赤子は、彼女の子ではない。

すやすやと眠っているのは、彼女の主である貴族の子だった。

彼女はその貴族に命じられ、この赤子を森へ——神々の元へ返しに来たのだった。

おとなしく眠る赤子の首元には「紋章」が刻まれている。

それ自体は、普通のことだ。

この世界では生まれ落ちたときから、それぞれが皆、身体のどこかに紋章を持っている。

それによって魔法への適性が判明し、各々《おのおの》が、紋章の性質に合った技術を学んでいく。

紋章は血筋の影響を受けることが多く、例えば炎を得意とする家からは、炎系統に適正のある紋章を持つ子が生まれやすい。

――だがもちろん、例外もある。

たとえば血が混じり合う中で変異を起こし、新しい属性が生まれるということもあった。

過去にはそれを意図的に狙って様々な血統を混ぜるということも行われていたし、今でも自分の家にとって欲しい属性の血を入れることはある。

そしてその頃の名残で、一見純粋な炎属性の家系であっても、その中に他の因子を含んでいるということもあった。だから、子供の属性が両親のいずれとも違ったとしても、それが即、不貞だの取り違えだのということにはならない。

しかし……。生まれ持つ紋章による絶対的な優劣もまた、当然にある。

たとえば有力貴族の場合は、有用な属性でかつ、上級の紋章の生まれでないと、跡継ぎに選ばれるのが長子以外になるということもよくあった。

今、森を走る彼女の手に抱かれている赤子については、さらに特殊だ。

その紋章を理由として、森に捨てられようとしているのだから。

赤子の首に刻まれている紋章は、優秀とされるものではないし、平均的な能力でもない。

よくある、どんな紋章とも似ていなかった。

いびつな雷《いかずち》のようにも見えるそれは、様々な血筋の統合によって整えられた貴族たちの紋章とは、まったくかけ離れている。

赤子のそれは、古い文献にわずかな情報が残されているだけの原始の紋章だった。

まだまだしっかりとした系統が研究されていなかった頃の、おそらくは極めて初歩の紋章。

現代ではすでに見られず……庶民の持つ下位の紋章程度の、最低限の才能さえもない。

つまり現代においては無用な、「劣等紋」と呼ばれるものだった。

比較的裕福な平民の子であれば、才能がないなりにも普通に育てられたかもしれない。

けれど、名誉や体面を気にする貴族にとって、劣等紋だけはまずかった。

せめて汎用紋と呼ばれるような、優れてはいなくともありふれたものなら許容されたのだが……。

極めて珍しい、庶民よりも遙かに劣るとされる紋章。

一般に流布している紋章図録には、載ってさえいないようなはぐれもの。

その劣等紋を持つことで、このまだ生まれて間もない貴族の子供は捨てられようとしていた。

女性は貴族ではない。ごく一般的な感性でもって、彼女はそんな赤子を可哀想に思っている。

けれど、自分ではどうすることもできなかった。

主の命令は絶対だ。

こっそりと誰かに預けても、いつかはこの子の素性がばれるかもしれない。

そうなれば、責任問題になる。だから可哀想だとは思っても、貴族の言うとおり、神々の森へと置いていくしかない。

せめて誰かが拾ってくれたら……。

責任逃れでしかない期待を抱きつつ、彼女は赤子を森へと置き去った。

小さなかごの中で、赤子は泣きもせず、じっとしている。

女性の目にはその姿が、妙にはっきりと焼きついていた。

彼女が立ち去ってから、一刻ほどが過ぎた後。

そこへ――一柱の神が現れた。

【神々の森】

それは多くの人々にとっては、ただ伝承にそっただけの地名のはずだった。しかし、未知なる魔法と錬金術の栄えるこの世界には、神もまたひっそりと存在していたのだ。

この世の神は、天に住まうわけではなかった。

人間と同じ姿で人里離れた地域に暮らし、人類に危機が迫ったときには、神とは名乗らずともその力で助けに入ることもある。

後の世では英雄として語られることもある――そんな存在だった。

しかしこの世は、平和な時代になって久しい。

神が人の前に姿を現すことはすでになく、その存在は忘れかけられていた。

ともあれ。

神に拾われた劣等紋の赤子は、そのまま神々に育てられることになったのだった。

「今日の鍛錬はここまで。ジェイドもすっかりさまになってきたな」

訓練を終え、体力を使い果たして大の字に寝転んだ俺に、バルドゥイが言った。

筋骨隆々な彼は、身体強化の能力に秀でた神だ。

自分自身は、強化なんていらなそうな体格をしてるけどな。

今日も訓練と称してしごかれた俺は、いつものように満身創痍《まんしんそうい》だった。

当然、神にかなうはずなどない。この森唯一の人間として、俺はそのことを充分に知っている。

「そのうち俺を超えるんじゃないか？」

「いや、さすがにそれは無理だろ」

いつものお世辞に答えながら、ゆっくりと身を起こす。

「しかし総合力でいえば、すでに我らの中でも随一だからな」

「なにひとつ、一番にはなってないけどな」

この森で拾われた人間の赤子は珍しがられ、様々な神がこぞって俺を鍛えてくれた。

大昔、世の中が荒れていた頃は、それぞれに人間を助けたり育てたりしていた彼らだ。

それが、平和になって手助けがいらなくなってからは、おとなしく人間を見守っていた……のだけれど、やはりすることがなくて暇だったのだろう。

久々の教え子である俺を、かまい倒してくる。

物心ついたときからそうだったので最初はさほど疑問にも思わなかったのだが、神々同士の付き合いに比べると、明らかに俺にちょっかいを出す頻度が高い。

「お、ジェイド。こんなところにいたのか」

そう言ってこちらに近寄ってきたのは、女神グルナだ。

赤い髪にきりっとした様子の女性神で、大きなハルバードをいつも携《たずさ》えている。

彼女は神域でもいちばん若い女神であり、俺が来るまでは最年少だったこともあって、とりわけ俺に固執してくるうちのひとりだ。

「またバルドゥイにしごかれていたのか」

そう言って、こちらをのぞき込んでくる。

前屈みになると大きな胸がさらに強調されて、深い谷間が目に入った。

目のやり場に困る……というような浅い関係ではないが、それでも毎回意識してしまうのは、やはり人間の男のサガなのだろう。

「私とお前に召集がかかってな。探してたんだ」

「ふうん、なんだろうな」

俺が立ち上がりながら言うと、彼女は肩をすくめた。

「さあね。ま、行ってみればわかるよ」

俺はうなずくと、素直に同行するのだった。


俺とグルナが着くと、そこにはすでに様々な神たちが待っていた。

こうまで一堂に揃うのは少し珍しいな、と思っていると長老神が話しだす。

「ここ最近は、ジェイドが来てくれたおかげで活気も出てきた。そこで改めて思うのだが……」

ちなみに、俺が引き取られたのは十年以上も前のことだ。

しかしグルナはともかく、特に長老のような長い時を経た神にとっては、その程度の時間は本当に最近扱いなのだった。

「今の我々はどうやら、人間界から離れすぎてしまっているようだ……」

かつては強力なモンスターや、異界に存在する魔王との決戦などにおいて、神がその力を人間に貸していた。

また、英雄としての活躍が認められて、人間から新たな神になった者もいる。

神々はだから、基本的に人間にはとても好意的だ。

過去の両者は親密な関わりがあったらしいのだが、平和になったここ数百年ほどはそういったこともなく、神は静かに暮らしていた。そのため、今の人間界とは疎遠になっているのだ。

「そこで少し、お互いを学んでおくべきだと思ってな」

そう言って、長老が俺とグルナへと目を向ける。

「若いふたりに、人間界を見てもらおうと思うのだ」

すでに話はすんでいるらしく、それに異を唱える神はいなかった。

いや、よく見ると表情ではあまり嬉しくなさそうな者もいるが……。

「しかし、いきなり人間界になじむというのも難しいだろう。だが都合がいいことに、今の人間界では学園というものがブームらしい」

「ブーム、なのか……？」

神々だって、大昔から人間界にある学び舎の存在はもちろん知っている。しかし、最近の学園は、神々との交流があったころとはだいぶ趣《おもむき》が違うとのことだ。どうやら賢人だけでなく、未熟な若い人間たちが多く集《つど》っているらしい。

「学園というものは、人間が社会に出る前にいろいろなことを学ぶ場所らしい。だからまず、そこに入って人間のことを共に学んできてほしいのだ」

「学園か……」

森だけで育った俺は、他の人間とまともに接したことがない。たまに遠目に観察する程度だ。

神々も人間味には溢れているし、元人間の神もいるのだが、俺が見てきた一般的な人間に近いかと言われると……あまりそうは思えない。

人間をよく知らない俺でも、多分違うだろうな、とわかるレベルだ。

そんな俺が、いきなり集団生活なんて送れるのだろうか？

そうは思うものの、だからこその学園でもあるのかな。

「入学試験があるようなので、もうその申し込みは済ませてある。なんでも、学園では冒険者を育成するとかで、戦闘力が問われるそうだ。だが……その点は、ふたりなら大丈夫だろう」

「ああ、そうだな」

グルナが鷹揚にうなずいた。

俺の前ではお姉さんぶる彼女だが、他の神の前ではいつもこうだ。俺同様、神々にかわいがられていた末っ子なので、わりと好き放題している部分もある。戦闘神として育てられたようで、やや男勝りな言動なのだが、ふたりきりになると女らしい面もけっこうあるのだった。

「いや、大丈夫なのか……？」

それに比べて、俺はやや不安だった。

俺自身も、グルナのことを言えないくらいに甘やかされているからな……。

いや、訓練ではキツくしごかれるので、甘やかされてばかりいるかというと微妙だが。

ただまあ、それも一種の愛情表現だしな。

「案ずるな。戦う力だけなら、ジェイドは充分に人間の英雄となれるだろう。だが驕《おご》ることなく、たくさんのことを学んで帰るがよい。……皆が調子に乗って、少し鍛えすぎたかもしれぬしな……」

なんだか不穏な小声も聞こえたが、長老神はお墨付きを与えてくれたようだ。

ともあれ、長老神が決めたのなら断ることもできない。……いや、本気で嫌がれば、わりとあっさり断れるかもしれないが、まあそういう場面でもないだろう。

そんなわけで、俺は突然、育った森を出てグルナといっしょに人間の学園へと向かうことになったのだった。

●

準備、と言うほどには、俺がすることはなかった。

神々がある程度は調べて、必要そうな物の用意も終えてくれていたし、あとは試験に受かればいいらしい。そうすればすぐに寮にも入れて、最低限の生活はできるという。

都合のいいことに、実戦向きの冒険者の養成が優先するとかで、座学はあまり問われないらしい。

一応、魔術や錬金術の知識は必要らしいが、そのあたりは俺にも充分にある。

むしろ心配なのは、一般常識のほうだろうな。

なので、ほぼほぼ身一つで行っても、後はその場でなんとかなるという感じだ。

そのあたりの大雑把さは、たぶん。神様たちだからなんだろうなと思う。

なまじ大きな力がある分、その場のノリでなんとかなるだろ、みたいなところがいつもあるのだ。

というわけで部屋に戻った俺だが、夜になるとグルナが尋ねてきた。

「ジェイド、今日も来たぞ」

「ああ」

彼女はそう言うと、いつもの露出多めな格好で俺に近づいてくる。

男の目を引く肌色。揺れるおっぱいに、彼女のいい匂い。

神々はそうでもないようだが、年頃になってからの俺には刺激が強い。

日頃は姉のように接してくれているとはいえ、その魅力的な身体を前にすると、男としての反応が現れてしまう。それにグルナのほうも……。

「弟の性欲処理は、姉の責務だから」

彼女がえっちなことをしてくるのは、これが初めてではないのだ。

グルナはそのまま、優しく俺をベッドへと押し倒した。

そしてズボンへと手をかけてくる。

俺が精通してからずっと、彼女はこうして性欲処理をしてくれているのだった。

「人間の男の子は、溜まってしまうと辛いと聞くからな」

そう言いながらパンツを脱がし、ペニスを露《あらわ》にする。

そしてそこを優しく手で握ってきた。

「ほら、お姉ちゃんに甘えながら、いっぱい……ぴゅっぴゅしよう？」

急に優しくなった口調でそう言いながら、ゆっくりとしごき始める。

グルナは普段から姉として振る舞っているのだが、えっちのときは特にその傾向が強い。

「うっ……」

彼女の柔らかな手に触れられて、その部分に血が集まってくる。

「ほら、しーこ、しーこ」

指先が肉棒を撫でてきた。

「おちんちん、大きくなってきたな。しーこ、しーこ」

グルナは手を上下に動かし、肉竿をしごいていく。

「裏筋を軽くくすぐって……ふふっ」

「うぁ……」

俺の弱いところを知り尽くしている彼女。

そのまま肉竿をしごかれていると、すぐに完全勃起してしまう。

「あぁ……♥　今日もたくましいおちんちんだな。ちゅっ♥」

「あぁ……グルナ」

すっかり血液の集まった敏感な先端に、軽くキスをしてくる。

グルナの綺麗な顔がチンポに触れるのは、なんだか背徳的でエロい。

「お姉ちゃんにいっぱい甘えていいからな……ほら」

そう言って胸を持ち上げる。

たぷんっと、柔らかなおっぱいが揺れた。

「お姉ちゃんおっぱいで、おちんちん気持ちよくなろうな」

そう言って、彼女は谷間に肉棒を挟みこんでしまった。

「あぁ……」

むにゅんっと柔らかな双丘に包みこまれ、気持ちがいい。

「こうして、左右から、むぎゅー」

「うっ……」

大きなおっぱいが肉棒を気持ちよく圧迫してくる。

乳肉に包み込まれ、温かさと気持ちよさが広がった。

「ジェイドはおっぱいが好きだからな。ほら、むぎゅぎゅー」

「あぁ……グルナ……いいよ」

甘やかすように言いながら、さらにおっぱいで肉棒を刺激してきた。

「むぎゅむぎゅ、ぱふぱふ……」

たっぷりの乳肉に包まれ、肉竿が愛されていく。

その気持ちよさに浮かれながら、身を任せた。

「ん、しょっ……熱いおちんぽが、私の胸を押し返してくるな。んっ……」

そのままむにゅむにゅと双丘に圧迫されて、奉仕の快感に浸っていく。

「お姉ちゃんの胸で、んっ……いっぱい気持ちよくなって、たくさんぴゅっぴゅするんだぞ。ほら、むぎゅー♪」

「あぁ、グルナ、うっ……」

ボリューム感たっぷりのおっぱいにパイズリされるのは、とても気持ちがいい。

単純におっぱいが気持ちいいというのももちろんだし、それに加えて、美女がそのおっぱいで肉棒を刺激している光景もすごくエロいのだ。

爆乳が谷間にチンポを挟み、かたちを変えている様子は絶景だ。

「そろそろ、もう少し激しくしていこうか。その前に、おちんちんを濡らしておかないとな。えろっ……」

彼女は口を開くと、唾液を谷間へと落としていく。

整ったグルナの口から、つーっと水が垂れて、おっぱいへと流れていく。

その谷間の中では、柔らかそうな乳房とは異質な剛直がしっかりと存在を主張している。

亀頭へと唾液が垂れ、そのまま肉棒全体を濡らしていった。

「んむっ、れろっ……ちゃんと濡らしておいたほうが、動きやすくて気持ちいいからな……あむっ、ちゅぱっ」

「うぉっ……」

彼女は次にぱくりと亀頭を咥えて、舌を動かし始める。

「れろれろれろっ、ちゅぱっ♪」

舌先がカリのあたりを舐め回し、刺激してくる。

そうして肉竿をよだれまみれにすると、彼女はやっと口を離した。

「これで動けるな。ほら、むぎゅー♪」

そう言ってぐっと胸を寄せて、乳圧で肉棒を刺激する。

そのまま両手で胸を上下させ、パイズリを始めた。

「ん、しょっ……しっかりとおちんぽを擦り上げて、んっ」

「う、あぁ……」

グルナが胸を動かし始めると、より直接的な刺激が襲いかかってきた。

「えいっ、ふぅ、んっ……」

大きな胸を持ち上げては、しっかり擦り上げてくる。

たわわなおっぱいが上下に揺れる姿はとてもエロい。

「硬いおちんちんが胸を押し返してくるの、すごくえっちだな……」

「グルナ、あぁ……」

魅惑のパイズリで、どんどん責められている。

「ん、しょっ、こうやって、おちんぽをしごいて、んっ」

爆乳にしごかれて、射精感が増してきた。

「私の胸で、いっぱい気持ちよくなって出していいぞ……んっ。がまんはなしだ」

グルナはそう言うと、胸を動かす速度を上げていく。

たわわな胸が跳ねる姿はとても官能的だった。

「ん、ふぅっ……」

もにゅんっと跳ねるおっぱいを眺めながら、そのまま柔肉にしごかれていく。

「おちんぽの先っぽ、膨らんできたな。そろそろ、んっ、出そうなんだな」

「う、あぁ……もう、くっ……」

「いいぞ。私のおっぱいの中に、ふぅ、んっ……いっぱい出してくれ♪　ほら、もっと責めていくぞ、えいえいっ♥」

「あぁっ……！」

彼女は勢いよく胸を弾ませてきた。柔らかおっぱいが肉棒をしごき上げてくる。

「ん、ふぅっ……」

ボリューム感たっぷりの胸は乳圧もすごく、肉竿を絞り続ける。

「あっ♥　ん、ふぅっ……胸の中で、おちんちんが跳ね回って、ん、あぁっ♥」

パイズリ奉仕で自身も興奮するグルナが、上気した顔でこちらを見上げる。

その美しい表情とおっぱいが同時に視界に入るのは、とてもエロくてそそる光景だった。

「うっ……」

そしてもちろん、パイズリ奉仕も気持ちがよく、俺は限界を迎える。

「おちんぽの先っぽ、ん、膨らんできたな。そろそろ、出そうなんだ？　いいよ。お姉ちゃんのおっぱいで、ん、出して、んぅっ♥」

「あぁっ……！　出るっ！」

「きゃっ！　あぁ……♥」

俺はそのまま、パイズリに絞られるように射精した。

勢いよく飛び出した精液が、グルナの谷間から吹き上がっていく。

「あんっ、すごい勢いだな……♥」

放たれた白濁が、彼女の顔とおっぱいを汚していった。

俺の出した精液が、グルナにふりかかっているのだ。

「熱くてどろどろのザーメンが……んっ♥」

精液まみれのグルナは、とても淫靡だ。

「ふふっ、たくさん気持ちよくなってくれたみたいだな。こんなに大量にぴゅっぴゅして……えらいえらい」

「う、あぁ……」

彼女はいいこいいこするように、亀頭を撫でてくる。

出したばかりの敏感なそこに刺激を受けて、思わず少し腰が上がってしまった。

「濃いオスの匂いがして……あぁ♥」

グルナはうっとりと言うと、こちらを見る。

蕩けたその表情はとても色っぽく、こちらを誘っていた。

そんな顔を見ていると、俺も再び欲望が湧き上がってくる。

「ジェイドのここ、まだ元気だな♪」

そう言った彼女は、顔の精液をぬぐって腰を上げる。

その姿勢になると、彼女の下着が見えてしまった。

「グルナ……」

そこはもう、しっとりと濡れているのがわかる。

下着に愛液がしみだし、濡れて秘裂に張りついた様子がとてもエロい。

「私も、ん、もう我慢できそうにない。……ほら、このガチガチな弟おちんぽ、お姉ちゃんのおまんこに挿れるぞ……」

そう言った彼女は下着をずらすと、そのおまんこを見せつけるようにした。

「ああ……すごいよ」

粘液で濡れて、艶めかしく光るその女陰に目が引き寄せられる。

もうすっかりと濡れたそこを、彼女が指で広げる。

するとピンク色の内側が、肉竿を求めてひくついているのが見えた。

そんなところを見せつけられては、俺の肉竿も期待に跳ねてしまう。

「それじゃ、いくぞ、んっ……」

彼女は下着を脱ぎ捨てると、俺にまたがるようにしてから肉竿を握る。

そしてそのまま腰を下ろしながら、肉棒を自らの割れ目へと導いていった。

「ふぅ、んっ……♥」

ちゅくっ、と卑猥な音を立てて、亀頭が膣口にキスをする。

グルナはそのまま腰を下ろして、肉竿をおまんこで飲み込んでいった。

「んはぁっ♥　あっ、ん、ふぅっ……」

「うぁっ……」

柔らかな膣襞が、ねっとりと濡れて肉竿を包みこんでくる。

「あぁ……♥　ジェイドのおちんぽが、私の中っ、はいってきてるぅっ……♥」

ぬぷり、と膣壁をかき分けながら、肉棒が奥へ奥へと進む。

「ん、ふぅっ……♥」

腰を下ろしたグルナは、肉棒を咥えこんでこちらを見下ろした。

「あぁ……入ったな。んっ、ふぅっ♥」

エロい表情でこちらを見る彼女。

「ジェイドの弟ちんぽが、んっ♥　いっぱい押し広げてきて、んっ……」

そう言いながら、彼女はゆっくりと腰を動かしていく。

「はぁっ……ふぅ、んっ……」

蜜壺が肉竿を刺激していく。

もうすっかりと濡れているそこは、スムーズに肉竿を受け入れていった。

「あぁっ♥　ん、あふっ……」

緩やかに腰を動かす彼女を見上げる。

こうして見ると、やはり大迫力だ。先ほどまで肉棒を挟んでいたおっぱいは、見下ろしていたときにも、谷間や上乳などが魅力的で最高にエロいものだった。

それをこうして見上げると、さらに圧倒的ですごい。

「あぁっ、ん、ふぅっ……」

大迫力の爆乳が眼前にあるのだからたまらない。

「ん、ふっ……ジェイド、んぁっ♥」

グルナが俺の上で腰を振り、膣襞が肉棒をしごきあげて快楽を生んでいく。

「んぁ、あ、ん、ふぅっ……！」

そして腰を動かす度に、グルナの大きな胸が弾む。下から見上げると、弾むおっぱいはものすごい躍動感だ。柔らかそうに揺れるおっぱいを眺めながら、快感に身を任せる。

「あっ、ん、ふぅっ……♥」

彼女はそんな俺の上で腰を振り続ける。

「あっ、んっ♥」

膣襞がカリにこすれると、肉の穴がきゅっと縮む。

そのしごき上げと締めつけは、俺の肉棒をどんどんと追い詰めていった。

「あっ、ん、ふぅっ……んぁっ、ああっ♥」

俺の上で腰を振っていくグルナ。

エロい姿を存分に楽しみながら、美女の蜜壺に気持ちよくされていく。

「あぁ……♥ ん、ふうっ……」

彼女のほうもどんどんと気持ちよくなっているようで、その快楽は膣道を通して俺にも伝わってきていた。

「あんっ♥ あっ、あぁ……！」

こうして身を任せているだけでも気持ちいいのだが……。

目の前には、グルナが腰を振る度に弾むおっぱいがある。

それをこうも見せつけられると、やはり引き寄せられてしまう。

俺は下から、その爆乳を持ち上げるように揉んでいった。

「ひゃうっ♥ あっ、いきなり、おっぱいを、んぁっ！」

むにゅりと指が沈み込み、極上の感触を伝えてくる。

「あっ、んぁ、ふぅっ、んっ♥」

彼女はかわいい声を出しながら、腰を降り続ける。

少しテンポが乱れたのが、新鮮な刺激となって俺に返ってきた。

「あっ、んぁ、んぅっ……♥」

こうして持ち上げるように揉んでいると、改めてそのボリューム感に驚く。

柔らかく重いおっぱいは、最高にエロかった。

「あっ、んっ、そんなに、んぅっ、あぁっ……」

夢中になって、もにゅもにゅと揉んでいく。

指を受け止めて沈み込むおっぱいをこねていくと、おまんこも喜ぶように締まってきた。

「あぁっ♥　だめぇっ……そんなにもみもみしたら、んっ……！」

色っぽい声で言うグルナに、俺の興奮は増すばかりだ。

「あんっ！　あっ、んぅっ……！」

胸を好き勝手に揉まれながらも、腰を振って肉棒に奉仕する彼女。

うねる膣襞に、ますます肉竿がしごき上げられる。

「あぁっ、ん、あぁっ、ふぅっ、んっ♥」

だんだんとそのペースが上がっていき、俺も射精欲が湧き上がってきた。

「あっあっ。ん、ふぅっ……ジェイド、んぁ、私、ひぅんっ♥」

俺はそんな彼女の乳首をきゅっとつまんだ。

「んはぁっ♥　あっ、だめぇっ……♥　乳首、そんなにされたら、んはぁっ！」

彼女はびくんと身体を跳ねさせた。

「うおっ……」

それと同時にきゅっとおまんこが締まり、俺も声を漏らしてしまう。

「あっあっ♥　イクッ、乳首つままれて、イッちゃうっ……！」

盛り上がっている彼女の乳首をくりくりといじっていくと、快楽で乱れた腰の動きが不規則になっていった。

「んはぁっ、あっ、だめぇっ……んぅっ！」

「くっ、あぁ……」

グルナはラストスパートとばかりに腰の動きを速めていった。

「あぁっ、もうっ、んぁ、あっ、イクッ……！　あふっ、私、んぁっ、あっ、ああっ……」

俺もそんな彼女に合わせて、おっぱいを揉み、指先で乳首をいじっていった。

「んぁっ、だめっ、そんなに、くりくりしながらつまれたらぁっ♥　んあぁっ、イクッ、イックウウゥウゥウゥッ！」

「う、おぉ……」

最後にきゅっと乳首をひねると、グルナは嬌声を上げて絶頂した。

おまんこのほうは締め続けながら、肉棒を追い込んでくる。

「あぁ……♥」

彼女はイクと同時に腰の動きを緩やかにしたが、今度は俺が下から突き上げていく。

「ひうんっ♥　あっ、んぁっ！」

絶頂おまんこの締めつけを感じながら、その膣襞を擦り上げる。

「んはぁぁぁっ！　あっあっ♥　イッたばかりだから、んぁっ、そんなに突いたらだめぇっ……♥　あっ、んはぁっ！」

俺は精液が駆け上るのを感じながら、絶頂に震えるおまんこを突き上げて犯していく。

「あっあっ♥　いったばかりのおまんこ、んぁっ……弟ちんぽにいっぱい突かれて、イクッ！　またイっちゃう！」

うねる膣襞を擦り上げて、俺は欲望のまま腰を突き上げていった。

グルナの膣道もまた、精液をねだって締め上げてくる。

その期待に応えるべく、俺はいちばん奥まで肉竿を届かせていった。

「んはぁっ！　あっあっ♥　らめぇっ……イク、また、んぁっ、あっ、すごいのぉっ、イクッ、イクイクッ、んくううぅぅぅっ♥」

どぴゅっ、びゅるるるるうっ！

彼女が再びイッたのに合わせて、俺も射精した。

「んはぁあぁぁっ！　あっ、あぁっ……♥　熱いの、せーえき、私の中に、いっぱい、どぴゅどぴゅでてるぅっ……♥」

絶頂おまんこに中出しを受けて、グルナがさらに喘《あえ》いだ。

「あっ、あぁっ……」

そんな膣内に、しっかりと濃い中出しを決めていく。

「二回目なのに、すごい勢い……♥」

そんな射精を受け止めながら、自分のお腹に手を当ててグルナがうっとりとつぶやく。

俺は女神の清らかな膣内に、猛った精液を出し切っていった。

「あ、あぁ……♥」

そしてそのまま、脱力しているグルナを見上げる。

行為でしっとりと汗ばんだ彼女の姿は、とても艶めかしい。

「今日も、すごくよかったよ……♥」

そう言ってこちらを見つめてくるグルナ。

俺は射精後の満足感と倦怠感に包まれながら、その姿をしばらく眺めていたのだった。

●

そしていよいよ俺たちは、人間社会を学ぶために旅立つことになった。

目的地である学園は、ここからは随分と離れた場所にある。

普通なら、馬車で数日旅をする距離らしい。しかし、もちろんと言うべきかここに馬車はない。

まあ、錬金術で車体自体は作ることができるし、動物も森には沢山いるから用意できないことはないのだが……。

「それじゃ、最初の人里まではどっちが速いか競争だな。その後は目立たないように気をつけて、徒歩でのんびり行こうか」

グルナはそう言って俺に目を向けた。

「ああ。いいぞ」

俺はうなずく。

学園という未知のものを前に、少しはしゃいでいるようだ。外の世界に興味があるのだろう。

長く生きた神たちは人間と関わった経験がある。そのことを昔話の武勇伝として、グルナや俺に語り聞かせていた。

しかしここで育った俺たちは、そんな外の世界を知らない。

まあ、だから俺としても、少し楽しみではあるわけだ。

俺の身体にある紋章は、人間社会では劣等紋として扱われており、あまりいい印象ではないと聞いている。

しかし、そこはまあ、実力を見せれば納得してくれるだろう。

確かに俺は何一つずば抜けた能力というのはないが、とりあえずどうにか神々について行ける程度には、いろいろと細々《こまごま》こなせる。

専門の紋章を持つ相手には敵わないだろうが、まったくの無能というわけでもないと思う。

もちろん、生まれ持つ資質がなかったのでその分の鍛錬は必要だったが……。そのおかげで、才能がないなりにも、なんとか一通りは出来るようになっている。

そんなわけで、入学にはさほど心配しておらず、どちらかというと、やはり集団生活のほうに不安がある感じだ。

「まあなんとかなるさ。さ、いくぞ！」

グルナは気軽にそう言うと、さっそく身体強化をして走り出す。神である彼女は、人間界に着いたら俺以上に能力を隠す必要がある。出し納めとして、思いきり発揮したようだ。

俺もすぐにそれを追った。

「む、やはりずいぶんと速くなったな」

「俺も成長してるしな」

グルナの紋章は、身体強化とも相性が悪いわけではないが、それ専門ではない。人間の俺でも問題なく、ついていくことができる。もちろん女神なので、人間のそれより遥かに優秀で、応用も効くらしいが。

まだ人目がないということで、俺たちはダッシュで山を越えていく。

馬車で優雅に旅をすれば丸一日かかりそうなところを、一時間ほどで駆け抜けていった。

そのままぐんぐんと進み、平野を抜けて再び山を越えていく。

紋章の力を使わなければ、休憩を含めて、数日はかかる距離だ。それを一気に飛ばしていった。

「試験もあるみたいだし、上手いことやらないといけないな」

「ああ。グルナが本気を出したら、変に目立ちそうだしな」

「む、私だってそれはわかってるさ。適度に上手くやるよ」

そんな話をしながら、ぐんぐんと進んでいく。

元々、神々が住む山の中を鍛錬だなんだで駆け回っていたので、こうして走るのにはふたりともなれていた。

それに、普段と違ってどんどん景色が変わっていくという楽しさもある。

ただっぴろい平原は森の中にはないしな。

そんなふうに走っていくと、やがて街に行き当たる。

このあたりからは点々と村があるので、どのルートでもあまり飛ばせない。

そのため、俺たちは速度を落として歩いてゆくのだった。

「おお、本当に人がいるな」

すこし先を歩く人間を見て、グルナがつぶやく。

「ああ、そうだな」

いきなり声をかけることはしないが、やはり珍しいということで、人々をつい眺めてしまう。

見た目に関して言えば、多くの神も人と変わらない。想像だけど、村人全員が知り合いな田舎から、ちょっと開けた町に出てきた……みたいな感覚だとは思う。俺自身も、人間界にちゃんと来るのは初めてだけど。

普段顔を合わせない人というのは、ほんとうに新鮮だった。

ふたりでそんなことを話しつつも、学園があるという都《みやこ》を目指して旅していく。

一気に人里まで降りたため、だいぶ時間を節約できた。

そうこうしながら、途中で一泊しつつも、俺たちは学園のある街へとたどり着いたのだった。

「わっ、本当にすごく沢山の人間がいるな……」

学園のある街は、途中で立ち寄った場所と比べても明確に賑わっていた。

驚くほど多くの人がひしめき、行き交っている。

生まれてからずっと森の中にいた俺たちからすれば、めまいが起きそうなほどだ。

雑多な人の流れに驚きながら、俺たちはまず宿を目指していった。

入学試験は後日なので、ひとまずは休憩だ。

「しかし、こんなに人がいるなんてなぁ」

俺は不思議な気持ちで、道行く人々を眺める。

それに、街自体もなんだか新鮮だ。森の中には当然ない、様々な建造物。出店などから漂う匂いが混じり合って、不思議な感じがする。

そんな中をグルナと散歩し、あらためて人間の街へ出てきたことを実感していくのだった。

●

そしていよいよ、入学試験の日がやってきた。

俺とグルナは、用意された受験票を持って学園へと向かう。

「すごい広さだな……」

「ああ、こっちの建物はみんな高くて驚いたが、これはひときわだな……」

俺たちは学園を見て、感想を漏らす。

この街の大きな特徴でもある学園は、街の中にあって十分な土地を確保しており、雄大だ。

校舎そのものも大きいし、さらに寮が併設されていたり、魔術の実戦を行うための訓練場があったりするため、敷地は想像以上に広い。

街中は活気に溢れ、どちらかというと所狭《ところせま》しと建物が並んでいる感じだったので、その中にあってこの学園の優雅さは、とくに目立っていた。

街の中心でもある学園は今、入学希望者たちで溢れている。そのおかげもあって、不慣れな俺たちでも流れに従って迷うことなく会場に到着することができた。

試験会場は、緊張や自信、不安などの様々な空気が渦巻いている。

雑多に溢れる人々。

全体的に若いものの、受験者の年齢にはある程度の幅があるように思える。

ここでは基本的には魔術を学ぶのだが、現在は対モンスターの冒険者への道が人気だということもあって、それを見据えた授業になっているらしい。

そのため紋章も、即時戦闘に有利なモノが良いとされているようだった。

程なくして、試験が始まる。最優先だと聞いていたとおり、まずは実技の能力を見るらしい。

受験番号でグループが分けられる。

「あっ……ジェイドとは違うグループみたいだな」

「ああ。番号が近いから同じって訳じゃないのか」

グルナとは、わりと離れたグループだった。

まあ、個人の力を見るだけだし、グループが同じだとしても協力できるわけではないのだが……。

やはり不慣れな場所ということもあり、いっしょのほうがやりやすくはあったかな。

「ま。じゃあ後でな」

「うん……どうせならジェイドと同じグループがよかったのに……」

そう言いながらも、グルナは言われたグループのほうへと向かう。

そんな彼女を、何人もの男たちが目で追っていた。

さすがにいつものハルバードは隠しているし、服装も今日だけはとおとなしめにしてはいるが、その美貌はどうしても目立ってしまうようだ。

それから俺も、自分の試験グループへと向かった。

「おい、あいつ……」

「ああ。データにない形してるな……」

「まさか劣等紋か……？」

「劣等紋のやつが、どうしてこんなところに……」

グループ内の生徒たちが、俺の紋章を見ながらひそひそと話をしている。

ふむ。やはり俺の紋章は、人間界でも珍しいみたいだな。神々に聞いていたとおりだ。

この紋が人間界では劣等とされている……それは神からも教えられていた。もっとも、彼らはそんなことで俺を評価したりはしなかったが。

紋章が身体のどこに出るかは、人によって違いがある。俺は首元なので、注意すれば見えてしまうだろう。とくにこんな試験会場では、ライバルのチェックに余念がないようだ。

見える範囲でだが、見渡すと確かに周りの生徒たちは、割と似たり寄ったりのありふれた紋章ばかりだった。もちろん試験前に申告もするので、学園側はある程度把握しているだろう。

ちなみにグルナはおっぱいの上。胸元にあるので、それもまたエロい。

神の紋章のままはまずいようで、魔法で人間の目には、少し変えて見せているとも言っていた。

……ともあれ、劣等紋ということでやはり軽く見られているみたいだな。

これは少し、試験で張り切らないといけなそうだ。

そんなことを考えていると、担当の試験官がやってくる。

彼はひとしきり、この学園がいかに素晴らしいか、この試験がどういったものかといった前口上を述べてから、説明を始める。

「まずは瞬間魔法力のテストだ。あの、魔道鉱石で作られた板に向けて、攻撃魔術を放ってもらう。ただし、大規模な準備やチャージは禁止だ。あくまで即座に放ってもらう。その速度と威力が試験の点数だ」

口上は長々としていたが、試験自体はシンプルらしい。

十数メートルほど離れた場所に、その的が置いてある。

そして試験官に番号を呼ばれた青年が、まずその的へ向けて魔法を放った。

初歩的な、小さな風の刃が的へ向かって飛んでいった。

「ふむ。次――」

試験官は手にしたボードに数字を書き込んで次の受験生を呼ぶ。

その反応を見ると——どうやら、やはりあの威力ではダメみたいだ。

まあ、確かに今のは速度こそ速かったものの、威力はないに等しかったしな。紋章は見えなかったが、こうした瞬発力を求められる魔法発動とは相性のよくない紋章だったのかもしれない。

そして何人かが終わり、俺の番が回ってきた。

「次——」

俺の番号が呼ばれ、前に出る。

「ふむ」

試験官は俺の紋章を見ると、それだけでダメそうだなという雰囲気を出してきた。

受験生たちはともかく、試験官がその態度では失礼だろうと思ったが、まあいい。

それなら、やはり少し気合いを入れないとな。

俺は的に向けて、わかりやすい火の魔術を放つ。

弾丸のような火球が的の一部を焼き、一瞬で貫《つらぬ》いていった。

「か、貫通《かんつう》した……!?」

試験官も驚いているようだ。

「い、今のは君が……す、すまないが、もう一度できるか？」

劣等紋なのに……ということなのだろう。その驚き具合に気を良くした俺は、少し調子に乗ってしまうことにした。

「それじゃ、違う属性で」

そう言った俺は、次に電撃の魔術で、同じように的に穴を開けた。

「あ、ありがとう……そうか……本当に……」

別な属性でも可能、ということで試験官はさらに驚きつつも納得してくれたようだった。

「的を取り替えるので、少し待っていてくれ」

試験官は受験生たちにそう言うと、駆け足で校舎のほうへと向かっていった。

うーん……壊してしまうのはよくなかったのかもしれないな……。

そんなふうに思っていると、周囲の生徒がざわついていた。

「劣等紋だろ？　なんであんな……」

「ま、的には予備があるみたいだし、たまには壊せるやつもいるってことなんじゃないか？　特別なことじゃないさ」

「へへっ、それじゃ、おれも壊せるように狙ってみるか」

劣等紋なのにおかしい、劣等紋にできるなら自分にも、みたいな、あまり気持ちのよくない空気が流れるのを感じる。

うーん。

試験官の人は認めてくれたみたいだけれど、生徒のほうは、やはり劣等紋へのイメージが強く、まだまだこのくらいじゃ、それなりにやれるって思ってくれる者は少ないみたいだな。

「すごいですね……！」

そんな俺に、ひとりの少女が声をかけてきた。

綺麗な黒髪の美少女だ。

派手さはないものの、整ったかわいらしい顔立ちをしている。

大人しそうに見えるけど、くりっとした目は好奇心が強そうだ。

それに……。元気よくこちらに近づいてきたときに、大きな胸がたゆんっと揺れて、思わず一瞬目を奪われてしまった。

「的に穴を開けてしまうなんて……ここに来る前に、どんな訓練をしてきたんですか？」

彼女は俺の紋章を目にしても、変わらず明るい調子で話しかけてくる。

劣等紋だというだけでは馬鹿にせず、普通に接してくれる子もいるみたいだ。

そう思うと、少し安心した。

人間である俺が、神々よりも人間を知らない。

だから彼女の笑顔に、今日初めて癒やされた気がした。

「どんな訓練……か」

しかし、これまでしてきた訓練――神々の半ば無自覚なしごき――を思い出すと、苦い顔になってしまうのだった。

「ずいぶんと、大変だったみたいですね……」

その表情を見て、彼女も察したようだった。

「まあな……」

「確かに、あれだけの威力を瞬時に出せるようになるのって、すごいですもんね……あ、わたしはペルレっていいます。よろしくね」

まだ受かったわけじゃないけど、と言って穏やかに微笑む。

彼女とそんな話をしていると、なぜか周りのことは気にならなくなってくる。

やがて試験官も戻ってきたので、試験は再開されたのだった。

●

結局、同じグループでは的を破壊するような者がいなかったこともあり、俺はあっさりと試験を突破した。

本来なら座学のテストもあったらしいのだが、実技を数種類受けた時点で合格になったのだ。

どうやら、他のグループにもそうやって合格した人がいるらしいので、実技重視というのは本当みたいだ。

冒険者人気が高いということもあり、即戦力になる人間は大歓迎、ということなのだろう。

最初こそ俺を軽んじていた試験官も、的を破壊してからは期待の目を向けていたし。

実力を示せば、学園側は認めてくれるみたいでよかった。

まあ、他の受験生たちからはまだ、劣等紋が……とかいう声も最後まで聞こえていたが……。

自分が受かるかどうかという場面だし、嫉妬とか、そういうのもあったのかもしれない。

そんな訳で無事に当日合格を言い渡された俺は、さっそく寮に移ることになった。

「ああ、ジェイドも無事に今日だけで試験を突破したみたいだな」

「だな。当日に決まるとは思わなかったけど」

「私もだ」

同じく、実技だけで試験を突破したグルナも、今日から寮に入ることになったようだった。

他にも数名が、すぐに寮に入れるみたいだ。ただ、他の合格者同士にはライバル意識があるのか、あまり話さず、少しピリピリした空気でもあった。

「たぶんそれぞれが地元で一番とか、神童とか言われてきたような連中だろうからな。自分こそがとかいう思いもあるんだろう。まあ、かわいいものだが」

そんな彼らを見て、グルナがお姉さんみたいなことを言った。

まあ、実際彼女のほうが年上だしな。

神々の中では俺に次いで若かった彼女も、この中ではずっとお姉さんだ。

とはいえ、グルナ自身は実は、それほど俺と変わらない年齢らしい。神域での神の年齢なんて、あてになるかは分からないけど。

精神的には彼女より年上の人間もいるかもしれないが、合格組はそれこそグルナが言ったように、地元で神童ともてはやされていたような者たちだろう。

期待をもって送り出された受験者たちの中でも、実力が本物だった者たちだ。

劣等紋の俺と、すぐに打ち解けるのは難しいかもしれないな。

ともあれ、それぞれに部屋が用意されているため、そちらへと向かう。

基本的に寮生活となるこの学園だが、寮と言ってもあまり共同生活感はないそうだ。

それぞれ個室だし、これといった制限もない。

もちろん、退学になるようなことがあれば追い出されるだろうが、それ以外は普通のアパートメントだという話だった。

といっても、そんな仕組み自体、森育ちの俺にはよくわからないのだが。

森の中に比べれば自由になる空間は少ないが、ひとりで過ごすには十分以上だとは思う。

さして多くもない荷物を置いた俺は、なかなかにいいベッドに横になってくつろいでいた。

これから、ここで新生活が始まるのだ。

こうして無事に合格し、新しい部屋に入ると、だんだんと実感が湧いてきた。

神々の鍛錬に耐えるより身体的には楽だろうが、新しい、人間社会での暮らしがどうなっていくのか……。

そんなことをしばらく考えていると、俺の部屋を訪れる人がいた。

ドアを開けるとやはりというか、そこにいたのはグルナだった。

まあ、他に部屋に来るような知り合いもいないしな。

「ジェイド、この部屋はどうだ？」

「ああ。ひとりで暮らすには十分な広さだし、やっぱりこの学園はかなり力が入ってるんだなって感じだ」

学園に在籍している期間中も、冒険者として簡単なクエストを行うことは推奨されているし、授業にも迷宮探索はある。

けれどそれが必修というわけではない。真面目に学んでいるだけで生活できるのは、優秀な冒険者を排出するために街や貴族たちがお金を出しているからだった。

これだけの設備が無料なんて、あらためて考えるとすごいことだな。

「そうだな……。私の部屋も、豪華だったよ。ただやっぱり、森とは随分違うしな……」

「ああ」

そう答えつつ、俺はグルナの様子に違和感を覚える。

早い気もするが、もしかすると、グルナは少しホームシックなのかもしれない。

生まれ育ったところは、みんな知り合いの神しかいない森の中だった。

人数も、そう沢山いるわけじゃない。

けれどここには、知らない人間が数え切れないくらい大勢いるのだ。

昨日までは、とにかく試験に通らないといけない、送り出してくれた神々の期待に応えないといけないという意識が強かった。だからグルナも、誤魔化せていた。

でも、やっぱり不安だったんだろう。どれほど能力が高くても、まだまだ若い女神なのだ。

試験に合格した今、新生活への心細さが出てきている気がする。

あるいはもしかすると、俺のほうが不安になっていると思って様子を見に来てくれた、とかか？

お姉さんぶる彼女の場合、そっちのほうも充分にありそうに思う。

「グルナは、まだ不安とかある？」

「うん？　まあ、まるでないということはないが、実力主義みたいだし、力さえしっかり示していればわりとなんとかなりそうではあるな」

あえて聞いてみると、しれっと答える。そう言う彼女は、やはり余裕そうだ。

そのほうが彼女らしいと言えばらしい。

「……うん。ジェイドも平気そうだな」

「ああ。人が多いのには戸惑ったけど、とりあえずは大丈夫かな」

試験中も受験生たちには小声でいろいろ言われていたが、結果として合格はできているしな。

「それはよかった」

そう言った彼女は、そのまま俺のベッドへと向かった。

「今日はどうする？」

ベッドに寝転んだ彼女が、横向きにこちらを見てくる。

誘うような表情と、むぎゅっと強調されるおっぱい。

今日の今日ここに来たばかりで、そういうことを考えていたわけではないが……。

そんな姿で問われると、雄《オス》としての欲望が湧き上がってしまう。

「そうだな。せっかくだし、いっしょに寝ようか、ジェイド」

「ん、そうだね」

俺が言うと、彼女は笑みを浮かべてうなずいた。

「ほら、おいで」

そう言って、グルナが俺を呼んだ。素直に従い、彼女の隣へと向かう。

「ぎゅー」

「んむっ……」

彼女は俺を抱き寄せ、そのまま胸に顔を埋めさせる。

爆乳に包み込まれ、幸せな圧迫感が広がった。

柔らかおっぱいに顔を埋めると、その気持ちよさと、少し甘い彼女の匂いに包まれる。

「お姉ちゃんの胸にいっぱい甘えてくれ」

そう言いながら、彼女は頭を撫でてくる。

俺は顔を埋めたまま、その爆乳に手を伸ばして揉んでいった。

「んっ、ふぅっ……」

グルナは小さく声を出し、そのまま俺を撫でる。

むにゅむにゅと、俺はその爆乳を楽しんでいった。

「ん……」

そのまま爆乳を堪能していると、彼女の脚が俺の股間を擦ってくる。

「ふふっ、もうこんなに大きくなってる♪」

ズボン越しに、太ももで肉竿を擦り上げられた。

「出したくなってきた？　おちんちん、気持ちよくしてあげる」

そう言って脚を動かしてくるグルナ。

「んむっ……」

淡い刺激が、むずむずとした気持ちよさを伝えてくる。

「ん、しょっ……」

「うっ……」

この体勢だと太ももでは前後に擦るくらいしかできない。

刺激自体はそこまで強くならないのだが、顔をおっぱいに包みこまれているぶんの興奮もある。

「んっ、あっ……♥」

そして頭上から聞こえる、グルナの色っぽい声。

それは俺の気分をますます昂揚させていく。

「んっ、ジェイド……」

彼女は俺の頭を撫でていた手を、首筋から背中へと落としていく。

俺もおっぱいから顔を上げ、彼女の服を脱がせていった。

「ん、ふぅっ……」

彼女のほうも、俺の服を脱がせてくる。

そしてお互いに、相手の服を取り去っていった。

いつ見ても綺麗なグルナの身体。

手や腰は細く、おっぱいやお尻は柔らかそうに存在を主張している。

まさに女神といった感じの、極上の肢体だった。

「こんなにたくましくして……」

そう言って、グルナが肉竿を撫でてくる。

彼女のしなやかに手に触れられるのは、とても気持ちがいい。

「しっかり出して、すっきりしないとな……」

そう言いながら、肉棒をいじってくる。

「裏筋をくすぐるように動かすと……」

「うっ……」

「ジェイドはここが弱いんだよね。ほら、敏感なところを撫でて、硬いおちんちんを、そのままつーっと根元に……」

「ああ……」

甘くなる言葉とともに、彼女の指先が、肉竿を撫でながら動いていく。

「こんなに血管を浮かび上がらせて、ギンギンにしちゃって……♥」

グルナは愛おしそうに肉棒をいじり回してくる。

そしてカリ裏をきゅっとつかむと、顔を寄せてきた。

「今日はお口で気持ちよくしていこうか。れろっ……」

「うっ……」

彼女の舌が亀頭を軽く舐めてくる。

その気持ちよさに浸っていると、そのまま舌を伸ばしてきた。

「れろっ……ちろっ……」

舌先が先端を刺激する。

「ぺろっ、おちんちんすっきりしようね。れろっ……ちゅ♥」

「あぁ……」

彼女の舌が肉竿を舐めまわし、どんどん気持ちよくしてくれる。

「あむっ、ちゅっ……」

グルナはこちらの様子をうかがいながら、舌を動かす。

「ちろっ……んっ、れろっ……」

彼女の舌が裏筋をくすぐるように動いた。

「んむっ、ふふっ……ここ、敏感なんだもんね♪　れろっ、ちろろっ……」

「う、あぁ……」

彼女の舌先に責められると、際限なく気持ちよくなっていく。

「おちんちん、ぴくんて跳ねた♪　ちろっ……」

俺の反応を楽しみながら、彼女が舌を動かす。

「ちろろっ……敏感なところを舐められて、んっ……感じてるジェイド、かわいいぞ……れろっ、ちろろっ♥」

肉竿を舐めながら、エロい笑みを浮かべるグルナ。

そんな挑発的な彼女の姿も、俺を昂ぶらせていった。

「ふふっ、でも、先っぽちろちろだけじゃイけないよね……？　だから、んっ、お姉ちゃんのお口をもっと使ってあげる、あーもっ♥」

「あぅっ……」

グルナは口を大きく開けると、ぱくりと肉棒を咥えこんだ。

「んむっ、ちゅぷっ♥」

温かな口内に包みこまれ、唇がカリ裏を刺激してくる。

「んむっ、んむむっ……♥」

彼女はそのまま肉竿を深く咥えこんでいく。

「あぁ……そんなに深く……」

「ん、ふぅっ、んむっ……」

そのまま前後に顔を動かして、唇で肉竿をしごいてくる。

「うっ……」

「んむっ、ちゅぽっ、ちゅぷっ……こういう動きがいいんでしょ？　んむっ、おちんちんしごかれるの、ジェイドは好きだもん、んむっ、ちゅっ♥」

「あぁ……グルナ、うっ……」

彼女は上目遣いにこちらを見ながら、フェラをしてくる。

「んむっ、ちゅっ、れろっ……」

深く咥えこむと、鼻の下がのびる下品なフェラ顔になる。

元が美人であるだけに、その卑猥な表情はとてもそそるのだ。

「んむっ、ちゅっぷ……おちんちんから、れろっ……えっちなお汁が出てきた。ほら、んっ、れろおっ♥」

「うぁ……」

彼女が鈴口を舐め上げ、我慢汁をぬぐっていく。

「れろろっ、ぺろっ……、ちゅぱっ……おちんちんを、ん、お口でしごいて……先っぽから出てくるお汁を、ちゅぅっ……♥」

「う、グルナ……ダメだ！」

肉竿を吸われて、思わず声が漏れる。

そんな俺の反応に、彼女はむしろ妖艶な笑みを浮かべた。

「んむっ、れろっ……そのまま、気持ちよくなって……れろっ……お姉ちゃんのお口に、ちゅぷっ、いっぱい出して♥」

「あぁ……」

ちゅぱちゅぱと肉棒を吸われ、俺の射精欲も高まっていく。

「れろろっ……ちゅっ、ちゅぷっ……」

彼女はそのままフェラを続け、俺を追い込んでいった。

「あむっ、ちゅっ……ちゅぷぷっ……ふふっ、弟ちんぽにご奉仕してると、んぅっ、口の中まで敏感になってしまう……♥」

そう言いながら、彼女は頬の内側や上顎にも肉棒を擦りつけていった。

「うっ……」

「んむっ♥　ちゅぷっ……ちゅぱっ、れろろっ……」

口内で愛撫される肉棒。

どんどんと導かれていき、俺の限界が近づいていく。

「あむっ、じゅるっ……先っぽが張り詰めてきた……♥　そろそろ、出そうなんでしょ？　れろっ、ちゅぷっ……」

「ああ。もういきそうだ……」

「んっ♥　それじゃ、激しくするから……ちゅぷっ……そのまま、お口の中に、いっぱいびゅーびゅーするんだよ♥」

そう言うと、グルナは口淫を加速させてきた。

「じゅぶぶっ……ちゅっ、ちゅぱっ！」

肉竿を深く受け入れ、吸いついてくる。

「じゅぶっ、じゅるるっ♥　ちゅぱっ、じゅぷっ、じゅぽっ！」

大きく顔を動かし、先端から根元までしごいてくる。

「ちゅぅっ♥　ちゅぱっ、れろれろれろっ、ちゅっ♥」

肉棒に吸いつきながら、熱心に舌を動かすグルナ。

口全体を使って、肉竿を高めているようだ。

「じゅぶぶぶつ、れろつ、ちゅっ、ちゅぱっ！　じゅぶじゅぶっ！　じゅるるっ……ちゅぅっ、ちゅばっ！」

「う、あぁ……そろそろ、出るっ……！」

「ん、れろぉ♥　じゅるるっ……じゅぶっ、ちゅぱちゅぱっ♥　いいよ、出して♥　ほらっ♥　れろっ、ちろろっ、じゅるっ、じゅぶぶぶぶっ」

「あぁっ……！」

最後に思い切りバキュームされて、俺は精液を吐き出していった。

「んむっ♥　ちゅっ、んくっ、んっ……♥」

勢いよく放たれる精液を、彼女はそのまま口で受け止めていく。

「んむっ、んくっ……んっ……ごっくん♥」

そして全てを飲み終えると、肉棒を口から離した。

「あぁ♥　濃い精液、いっぱい出たな。ふふっ♥」

そして嬉しそうに、色っぽい笑みを浮かべる。

「んっ……こんなに雄《オス》を感じさせられると、私のアソコもうずいてしまう」

そう言って発情するグルナを見ると、いま出したばかりだというのに、俺の欲望は滾《みなぎ》る一方だった。

「それじゃ、四つん這いになってくれ」

「んっ……♥」

俺が言うと、彼女はすぐに言われたとおり四つん這いになる。

そしてこちらへと、愛らしいお尻を向けた。

「本当だ。もうすっかり濡れてる」

「うん……♥　ジェイドの弟ちんぽが欲しくて、こんなになってしまった……♥」

そう言って、グルナが小さくお尻を振る。

そこでは潤《うる》みを帯びた蜜壺が、異性を求めてひくついていた。

俺は彼女の貪欲な膣口に、たぎったままの肉棒をあてがう。

「あっ♥　ん、硬いの、当たってる……」

「ああ。そしてこのまま」

「ん、くぅっ♥」

腰を進め、肉棒をおまんこに挿入していく。

熱くうねる膣襞が、肉竿を難なく受け入れていった。

「あっ♥　ん、ふぅっ……」

蠢動する膣襞がすぐに肉棒を締めつけてくる。

俺はグルナのお尻をがっしりとつかんで、腰を振っていった。

「んはぁっ♥　あ、んぅっ……！」

ハリのある尻肉に指を食い込ませながら、ピストンを行う。

「ジェイド、ん、あ、ああっ♥」

グルナは嬌声を上げながら、もっともっととねだるようにお尻を振っている。

「あぁっ……ん、ふぅっ、んぁっ♥」

その期待に応えるように、俺は腰を振る速度を上げていった。

「んぁ、んくぅっ♥　奥まで、届いて……んぁっ♥」

パンパンと腰を打ちつけて、気持ちよさを加速する。

「あぁっ……ん、ふぅっ、んぁっ……♥」

グルナが嬌声を上げながら、身体を揺らしていく。

シミひとつない綺麗な背中を眺めながら、俺はさらに腰を打ちつけていった。

「んはぁっ♥　あっ、ん、くぅっ！」

蜜壺をかき回し、その奥を意識的に突いていく。

「あっ、ん、ふぅっ……」

蠕動する膣襞がからみつき、肉棒をしごき上げていった。

「ん、あぁっ……ふぅっ、んっ……♥　ジェイドのおちんぽが、んぁっ……私の中、いっぱい突いてきて、んぅっ……！」

俺は容赦なくピストンを続けながら、グルナのお尻をなで回す。

「んぁっ、あ、んくっ……」

「グルナもかなり感じてるみたいだな」

「んぁ、あっ、だって、んぅっ……あっ、ん、あっ、あんっ♥　こんなに太いので突かれたらぁっ、んぁっ♥」

彼女は身体を仰け反《の　ぞ》らせながら、肉棒を締めつけてくる。

「んはぁっっ♥　あっ、あぁっ……♥　このままされたらっ、んぅっ、私だけイっちゃう♥　んぁ、あっ、あぁっ……！」

「大丈夫だ。俺のほうもかなり限界が近いからな」

しっかりと肉棒を咥えこみ、しごき上げてくる蜜壺。

興奮が限界であることを自覚すると、一気に射精欲が湧き上がってくる。

「あっあっ♥　ん、ふぅっ、んっ……♥　んぁっ、あっ、もうっ、ん、イクッ……！　ふぅ、ん、あぁっ！」

俺はラストスパートで、腰を必死に動かしていった。

「んはぁっ♥　あっ、あっあっ♥　んはぁっ……！　あ、んぁ、イクイクッ！　イックウウゥゥウッ！」

「ぐ、俺も……出るっ……！」

びゅるるっ、びゅく、びゅくくっ！

グルナが絶頂し、膣内がぎゅぎゅっと締まる。

その締めつけに合わせて、俺もそのまま膣内射精した。

「んはぁぁっ♥　あっ、あぁ……ジェイドの精液、んっ、私の中に、いっぱい出てるぅっ……♥　ん、あぁっ……♥」

望みどおりの中出しを受けて、うっとりとする彼女。

ねだるようにまだまだ収縮する膣内に、精液を余さず吐き出していった。

「んぅっ……あっ♥」

俺が肉棒を引き抜くと、グルナはそのままベッドへと倒れ込んだ。

チンポが抜けたばかりのおまんこから、精液が垂れてくるのがすごくいやらしい。

俺も、そんな彼女の横に倒れ込んだ。

「いっぱい、すっきりできた？」

「ああ」

上気した顔で尋ねてくるグルナにうなずく。

「そっか、よかったね」

そう言った彼女は、そのまま横にいる俺を抱きしめてきた。

むぎゅっと、またもその胸に抱きしめられると、行為直後でまだまだ溢れるフェロモンに包みこまれる。

射精直後でなければ、すぐにでも襲ってしまいたくなるような香りだ。

俺はそのまま、おっぱいに顔を埋めて安らいでいった。

エロい気分じゃないときのおっぱいは、とても落ちつく。

そうしてしばらくイチャつきながら、学園初日の夜をすごしていくのだった。

第二章　劣等紋の学園生活

実技選抜だけでなく、正規試験での合格者たちも決まり、学園生活が無事に始まっていた。

最初は自己紹介やカリキュラムの説明などがあったものの、それらも一通り終わり、通常の授業が始まってから数週間が過ぎている。

ひとまずは、思った通りに順調だ。実技中心の授業については、何の苦もなくこなせている。

神々のしごきに比べれば、準備運動みたいなものだった。

実際、冒険者養成がメインとなるこの学園において、初歩の授業はきっとまだ前段階。

最低限の身体を作るとか、そんな基礎的なものなのだろう。

俺のような即日合格者は、おそらくそのあたりはすでにできている。

しかし、魔術の才能があるとか、いい紋章を持つとかだけで故郷から送り込まれ、冒険者に必要なことなんてここで学ぶのが初めてだという生徒も、けっこう多いだろう。

そうなるとやはり、最初は身体を作る訓練からというのは理にかなっている。

俺はのんびりできて悪くないと思っているが、グルナのほうは退屈みたいだ。

「君は、随分と余裕そうなんだな」

そんなグルナを眺めていたら、誰かから声をかけられた。

そこにいたのはひとりの男子生徒。

他の授業ではいっしょではないから、接点はあまりない相手だ。

「そうでもないさ」

俺は無難にそう答えておく。彼はちらりと、俺の首の紋章を見ながら言った。

「劣等紋だから、あまり積極的には参加していないのか？」

俺がぼーっとグルナを眺めていたのを、しっかり見ていたのだろう。

「まあ、そうかな」

面倒なのでうなずいておいた。

「ふん……」

彼は軽んじるように俺を見た。

まあ、こういう生徒も一定数いる。

紋章——実際には、紋章による能力の優劣——がものをいう世界であるため、多くの人は自分が身に宿す紋章を誇りに思っている。

その結果、自分のものより格下とされる紋章に対して偉そうな態度をとる者も多いのだ。

自己の実力さえ把握していれば、相手がどうかなんて、わりとどうでもいいのだがな。

俺はそう思うけど、彼らにとっては違うらしい。

紋章以外に、誇るところがないのだろうか。

これから冒険者になろうと学園に通っているのだし、まだまだ実績がなく、自分の長所を見つけられないのも当然だとは言えるが。

「まあ、せいぜい頑張るんだな」

俺の反応が面白くなかったのか、そう言い残して男子生徒は戻っていった。

授業が終わると、次は移動だ。

試験のときは軽視されていたものの、入学後は座学もちゃんとあった。

とはいえ多くの授業では、魔法や紋章について学ぶ。そうすることで、より効率よく魔術を行使したり、威力を上げたりするという内容だ。

ほかには、冒険者としての基礎知識やサバイバル術などの授業もある。

森の中で食べてよいものや、毒のあるものの特長などは、長旅をする冒険者なら必要になってくる知識だしな。俺としても、それらの授業は新しい発見が多くあった。

そして、それだけでなく……。

致死性ではない、軽い毒だと紹介されていたキノコの中に、森の中で鍛錬の一種として食べさせられていたものがあった……。

今の俺にとってはなんでもない食材なのだが、一般的には毒だったらしい。

無茶苦茶な神々に育てられる中で、ある程度の毒を分解できるようになっていたみたいだ。

その事実を知れたのは、こちらへ来た成果だろう。

……このまま知らなかったほうが、よかったかもしれないが。

まあそれはともかく。

順調に授業をこなしていき、日々が過ぎていく。

「ジェイドくんはすごいね」

授業終わり、ペルレがそう声をかけてきた。

彼女は俺が劣等紋だということ気にしない、数少ない同級生だ。

試験のときに同じグループだったこともあり、こうして気軽に声をかけてくれる。

「いっつも、すぐに課題を達成しちゃうんだもん」

ペルレは学園に来てから学び始めたタイプのため、手こずっているようだ。

これまでに学ぶ機会があったかどうかというだけの話なので、必ずしも俺がすごいわけではない。

けれど、なかなかの優等生な彼女にそう言ってもらえるのは、なんだか嬉しかった。

そんなふうに少しおしゃべりをしながら、穏やかな時間が流れていくのだった。

●

俺が劣等紋だということにダルがらみしてくる生徒がいる一方で、ペルレのようにまったく気にしない生徒もいる。

授業を重ねるにつれて、いつもいっしょに授業を受けている生徒たちもまた、侮蔑的な態度は見せなくなっていた。

しかしなぜか、紋章以外の理由でも級友にからまれることはある。

「ジェイド、今日の授業でわたくしとペアになってくださいな」

「ヴィリロスか……」

俺に声をかけてきたのは、ヴィリロスという少女だ。

綺麗な金髪をふわりとロールしたツインテールにしており、常に自信に溢れた表情をしている。

きらびやかなタイプの美人で、しかも貴族家の次女というお嬢様だった。

家督を継ぐことはないというものの、その紋章は彼女の家系に多いすばらしいものであり、一族の期待を背負って生きてきただろう少女だ。

そして実際にも期待どおり、いやむしろ超えるだろうという結果を残していたようで、実技と座学ともに学園のトップクラスだった。

その美貌とスタイルの良さもあって、学園中から注目されている生徒だ。

まあ、そこまで圧倒的なスペックとなると、恐れ多いと遠巻きにする者や、こびへつらう生徒とかばかりになるので、それはそれで大変そうではあるが。

そんなヴィリロスも、もちろん実技試験だけでの優先合格者だ。

極めて優れた紋章を持っている彼女は、だからこそというべきか、劣等紋についてはさほど気にしていないようだった。

たしかに紋章だけで評価するという話であれば、ヴィリロスに比べるとほぼ全員が、等しく格下ということになるしな。ヴィリロスがそんな性格だったとしても、俺だけを見下すってこともないわけだ。真の強者は、細かな差違はあまり気にしないのだろう。

そんな彼女が俺に目をつけたのは、たまたまいっしょになった授業で、俺が自分よりいい結果を残したからというシンプルな理由だった。

興味の元がそれだけなら、俺以上に結果を出しているグルナもからまれていそうだが……。

常に最上位者としての人生を歩んできた彼女にとって、同年代で自分よりも結果を出している相手というのは初めてだったらしい。

彼女の家を継ぐ長兄もまた有能であるということで、グルナのような年長の実力者には慣れているし、珍しくないみたいだ。ヴィリロスがいかに優秀でも、まだまだ教師たちには及ばないしな。

そのためグルナは興味の対象からスルーされ、俺がからまれることになるのだった。

俺としても向上心があるのはいいことだと思うし、お嬢様のお願いをそうむげにはできない、という部分はあるのだが……。

目立つヴィリロスは、常に様々な視線にさらされている。

憧れや畏敬の念が多い視線だが、彼女の横にいるとそれに巻き込まれ、俺にはやや居心地が悪いのだった。

劣等紋だということで多少の陰口を言われることはあっても、こんな集団からの注目なんて浴び慣れてないしな……。

それに対して、ヴィリロスにはいつものことすぎて、もうそんな視線すら意識していない、という感じみたいだ。彼女の興味は、俺にばかり向いている。

「まあ、そうだな……」

彼女は割と押しが強いし、上手く断ることもできないだろう。

ペアを探す手間も省けるし、俺はそれを受けることにしたのだった。


そして授業が始まる。

今回は模擬戦の授業で、それぞれの担当教師がかけた保護魔法を纏《まと》った状態でスタートする。

この保護魔法には土地そのものに下準備が必要で、かなり大がかりなものだ。そのため、そうそうできるものではないのだが、その反面、強力な魔法攻撃でも致命傷にならずに防ぐという、まさに訓練向きのシールドだった。

これによって、不慣れな学生同士でも相手を気にせずバトルができる、というものである。

土地に縛られるとはいえ、実戦でも籠城とかならすごく便利そうな魔法ではあるが、連続使用が出来ないという欠点がある。一時的な効果しか得られないから、長期戦には向いていなかった。

もちろん無いよりは断然いいが、実戦において圧倒的な差が覆るようなことはないのだ。

そんなわけで、もっぱら訓練用として利用されているのだった。

「それじゃ、いきますわよ」

「ああ、いいぞ」

パートナーであるヴィリロスが声をかけてきて、模擬戦が始まる。

彼女はその紋章にも特徴がはっきりと刻まれているように、炎系の魔法を得意としている。

余談だが彼女の紋章は太ももにあったため、ついつい目が行ってしまうのだが、仕方ない。

俺は改めて集中し、放たれる炎を跳んで躱すとしゃがみ込み、土から槍を作り上げる。

「っ!?」

瞬間的な武器の錬成は本来、俺の紋章に可能な能力ではないため、ヴィリロスは驚きに息を詰まらせた。けれどそれも少しの間だけで、再び火の玉がこちらへと飛んでくる。

俺も続けて魔法を発動し、地面を隆起させて盾にした。

紋章に合った魔術、合わない魔術で変わってくるのは、まずはその習得速度だ。

一般的に、適したものは使えるようになるのが速い。

紋章で優劣が決まる大きな理由の一つが、これだ。

何年も必死に修行しないと使えない、というのでは覚えられることの幅が狭くなる。

特に、現在主流な活躍先となる冒険者としてモンスター退治などを行うにあたっては、生き残るためにも、高難易度の魔法の素早い習熟というのは重要だ。

次に違うのが、消費魔力。

魔法の類《たぐ》いは総じて、体内の魔力を変換して発動させる。

自分の紋章と相性がいいと、その効率がいいのだ。

そのため、同じ魔力でより多くの魔法が使えるようになる。

そういった事情から、得意属性だけを伸ばしていくほうが、結果的にも強くなるのだ。

そして俺の紋章が得意とするのは、「付与」だった。

付与は攻撃魔法ではなく錬金術の一種で、実際の物を強化したり、特性を付け加える能力になる。切れ味を鋭くしたり、長持ちするようにしたりするのが主の使い方らしい。

付与にもいろいろあるが、俺の能力はカテゴリーとしては錬金術の枠であることからもわかるように、実戦の場ですぐに発動……という使い方は多くない。基本的には事前に時間をかけてゆっくりと付与しておいて、実戦ではその道具や武具を使う、という感じだ。

そのため錬金術師は、一般的な魔術師のような戦闘員ではなく、生産職の側になる。

そのうえ俺の紋章は、普通は図録にすらないような旧式のもの。なぜか現れてしまった、現代ではほぼ見ないというようなものだ。その付与の能力も、自分でもはっきりとはしていない。

それもあって俺の紋章は、冒険者がもてはやされる現代魔術の世界では、かなり下に見られているのだった。

付与で強化された武器を使う錬金術師よりも、能力に柔軟性のある魔術師のほうが一般的には強く、モンスター討伐に向いている。だから紋章としてはやはり、ハズレ枠なのだ。

俺の紋章は分化していく前の時代のものなので、付与能力の方向性すら学術的には定まっていない。現代の紋章は血統による改良を加えられ、例えば武器の強化であればそれに特化することで、大きな力を得ている。

なんでも出来そうだが、これといって売りも無い。それが俺の旧式の付与術への評価だ。

……と、普通ならそこまでになる。

俺は手にした土の槍にこの場で付与を行い、その貫通力を増した。

もう一度言おう。つまるところ、紋章とは成長への近道なのだ。

本来なら長い鍛錬が必要な場所へ、どこか一カ所だけの近道を作るもの。

だとすれば、だ。

他人よりも距離が四倍あるとするなら、たとえば倍の速度で倍の時間走ってもいい。

理屈としてはそれだけだ。

そして俺は、神々という各分野なら一流の、ぶっ壊れた者たちに鍛えられていた。

誰も彼もが俺にかまいたがるので、休むことなく鍛えられていたとも言える。

優れた師匠から習い、濃密な時間を過ごすこともまた成長への近道だ。

もちろん、四倍どころではない努力も必要だったが……。

血統や紋章の発展に力を注いだことで、安易な道が開けたとも言えるこの時代。

しかも、神々が退屈する程度には平和が続いている。

学園で見たところ、一日に五時間も十時間も鍛錬を行うような者は、ほぼいないようだった。

神々の俺へのしごきは、ほんとうにキツかったからな。長老神の話だと、過去の英雄たちへの指導よりもずっとキツそうだとも言っていた。神様たち……ほんとに暇だったんだな。

そんなこともあり、才能がなくても追いつける可能性はぐっと上がっているのだ。

俺の場合は、毎日かまってくる神に捕まると何でもかんでも教え込まれる日々がずっと続いていた。結果的にはそれが、充分な鍛錬だったという感じだろう。

グルナとの遊び半分の訓練も、ここのレベルと比べればだいぶ違うと感じ始めていた。

もうひとつ気付いたのは、分化前の古い紋章を持つ俺には尖った才能がないかわりに、致命的に苦手なことも少ないらしいということだ。

様々な神の教えで、どんなことでも苦手意識なく身につけている。

だから身体強化、武器の錬成、その武器へのさらなる強化といったことを同時に行い、現代では一流の炎魔術師であるはずのヴィリロスに、充分に迫ることができている。

「くっ……！　そんなことまでできるなんて」

俺は彼女の炎を槍で切り払い、そのまま距離を詰める。

すかさず炎の壁を作り出して防御と牽制を行う彼女に、土の壁で打ち消し怯《ひる》まず迫っていく。

そしてそのまま放たれた俺の突きが、彼女へ届いた。

「ああっ……！」

保護魔法が発動し、俺の槍を受け止める。それで試合終了だ。

「ぐっ……また負けましたわ……」

ヴィリロスが悔しそうに言った。

「いや、炎の壁を作れるようになったのはすごかったよ。もっと防御を考えるようになれば、安全性はぐっと増すんじゃないか」

「それでも、あっさり突破されましたけどね……」

そう言いながら、ヴィリロスはため息をついた。

強力な炎魔法を扱えるからか、以前の彼女は攻撃のことしか考えず、棒立ちで火球を放つだけだった。だから、戦闘面では確実に成長していると思う。

才能があり、努力もちゃんとする彼女に俺は好感を抱いてる。

まあ、いつもからまれてしまうと目立つので、そこは勘弁してほしいが。

ともあれ、そんな向上心のある彼女だからこそ、俺も手抜きせずに相手をしているのだ。

「次こそは、一矢報いて見せますわ！」

そう言った彼女を、好ましく思いながら見送るのだった。

●

ある休日。俺とグルナは、ペルレに街を案内してもらうことになった。

ふたりとも森から出てきたばかりで、まだまだ知らないことが多い。

学園生活にはなんとか慣れてきたものの、人間社会の中でも学園や寮生活は、それはそれで特殊な社会だとも聞いた。もっと外に出たほうが、勉強にはなるだろう。

そんな訳で、俺たちに三人は学園を出て街へと繰り出したのだ。

レンガや石で作られた街は、やはり森と比べればものすごく都会的で、人工的だ。

また、行き交う人や馬車の数も多く、格段に賑わっている。

「学園の中だけで事がすんでしまうから、街まで出る必要性というのもないのだよな」

グルナが残念そうに言う。

「たしかにそうだよね。やっぱり、あの学園は特殊だから」

「ペルレは、地元でも別の魔術学園に通ってたんだけっけ？」

俺が尋ねると、彼女がうなずく。

「授業の内容は、まったく違うけどね」

そう言って彼女が続ける。

「わたしが通ってたのは、田舎の小さな学園だから。魔術の話も少しはするけれど、狩りの方法とか、日常的な知識の授業も多かったよ」

「そういうものなのか」

狩りについては、俺たちも学んでいた。というか、実際に森で毎日やっていたしな。

神々に必要というよりは、俺のために教えてくれたんだとは思う。

生きていく手段というのは、人間社会ならどこで、わりと似ているのかもしれないと俺は思った。

「この辺りにはお店もいろいろあって、すごいよね」

そう言って、ペルレが街を見渡す。

「ああ、本当にすごいな……。こんなに人がいて、建物の造りも複雑で……」

グルナも周囲を見渡しながら言う。

歩いて行く人々の声や、風の流れ。雰囲気も空間の使い方も、俺たちが知るものとはまるで違う。

そんな中を、ペルレに案内してもらいながら歩いていく。

「街を知らないなんて、ふたりとも、本当に遠いところから来たんだね」

「実を言うと、気温だってだいぶ違うしな」

「ああ、こっちは随分と過ごしやすくていいな」

神であるグルナでも、そう感じていたようだ。

「そうなんだ。ふたりの故郷は、もっと寒かったんだね」

「ああ、いくつもの山を越えたよ」

懐かしい森を思い出しながらうなずく。

あそこも極寒の地というわけではなかったが、こちらのほうがだいぶ過ごしやすい気候だ。

もちろん、季節によるとは思うのだが。

「ペルレは、この賑やかさにもある程度慣れてるみたいだな」

「うん。ここほどじゃないけど、ときどき街へは行っていたからね」

「ああ、そうか……ここだけじゃなく、いろんなところに街はあるんだものな」

「……そう……だね？　うん。といっても、やっぱりここぐらい大きい場所はなかなかないし、これだけ人が多いと、わたしもちょっと気後れしちゃうけどね」

「ペルレでも、そうなのか」

言いながらグルナは人波を避けつつ、普段よりだいぶゆっくりした足取りで歩いていく。

グルナはやはり、人の多さにまだ慣れないようだ。

そういう俺も、もちろん同じなのだが。大きな道とはいえこれほど多くの人が行き交い、時折身を躱すようにしてまで密集したまま歩くというのは新鮮だ。

石造りの建物も立派だし、屋根も高い。土地が余りまくっていた森とは違って、家々がくっつくように並んで建っている。これだけ多くの人が暮らしているのだから、平屋だけではとても場所が足りないのだろう。階層も多く造られている。

人間がそれほどまでに密集するというのも不思議な気がしたが、一歩街を出れば周りにモンスターがいることや、この密度だからこそ様々な物流や商業が集まるということなのだろうしな。

それからも、グルナはペルレにすっかり頼ってしまい、何事も質問攻めにしていた。

仲良くなるのは嬉しいし、なんだか微笑ましくもある。

しかし、後半にはなぜかこちらを見ながら、怪しい笑みをふたりで浮かべていたのが気になった。

女性同士、俺には分からないノリがあるのだろう。そもそも俺はヴィリロスもふくめ、人間の女の子をあまり知らなかったことにも気付く。神々の中に、グルナぐらいの年齢もいなかったしな。

若い女性同士だと、こんな感じなんだろうか？

そんなことを考えながら、ペルレの案内を受けるのだった。

●

まだまだ驚きも多いが、学園での生活は順調に過ぎていった。

街を案内してもらって以降、ペルレともすっかり親しくなっている。

そんなふうにのんびりと過ごしていたある日、夜にグルナとペルレが一緒に尋ねてきたのだった。

「ふたりでなんて、めずらしいな」

グルナが夜に来るのはよくあることだが、ペルレが来たのには驚きだ。

夜に男の部屋、となると、なんだかそういう印象もあるしな。

グルナがいつもそういうことのために部屋に来るから、期待しすぎかもしれない。

当然、わいわいと騒ぐだけというのもなくはないだろうが……。

「今日はふたりで、すっきりさせにきたぞ♪　ペルレも興味があると言っていたからつれてきた」

「あぅ……」

いきなりさらっと言ったグルナの隣で、ペルレは少し恥ずかしそうにしている。

けれど、顔を赤くしながらも否定せず、ちらちらとこちらを見ているのだった。

「何事も経験だしな。それに、ジェイドがモテるのは私も嬉しいし」

そう言って胸を張るグルナ。

その大きな胸がぶるんっと揺れる。

「さて、それじゃさっそく始めようか」

そう言ったグルナが俺のほうへと近づいてきた。

ペルレもそれに続いて、興味津々、といった様子でこちらを見ている。

なんだか、そうしてまじまじと見られていると少し緊張するな……。そういえば、普通の人間社会の感覚では、エッチなことってどうなんだろう。ペルレは積極的なほうなんだろうか？

そんなことを考えている間にも、グルナは俺のズボンに手をかけてきていた。

「よいしょっと」

彼女は慣れた手つきで俺を脱がしていく。他人の目があることに、少し緊張する。

「わっ……」

ペルレは顔を覆うようにしながらも、指の隙間からはっきりとこちらを見ていた。どうやらペルレにとっても、恥ずかしいことのようだな。それには少しだけ安心した。

「んっ、ほら、見て見て！」

グルナはそのまま下着も下ろし、俺の肉竿を露出させてしまう。

「わぁ……」

ペルレは興味津々な様子でそれを観察していた。

「ほら、こっち来て」

「は、はい……」

グルナに誘導されて、ペルレもこちらへ近寄る。

そしてまじまじと、肉竿を観察されてしまうのだった。

「これが、男の子の……」

「そう、こうやって刺激していくんだ」

グルナの手が優しく肉竿をつかみ、かるく動いてくる。そうしていじられると、血が集まってくるのを感じた。

「わっ、なんだか大きく……。あの、わたしも触る、ね？」

そう言ってから、ペルレもペニスに触れてくる。どうやら経験はないようだ。

いつもは共に学んでいる、優等生ナ彼女。そんなペルレにおそるおそるといった手つきで触れられると、なんだか背徳感のようなものがあって興奮してしまう。

「あっ、どんどん大きく……それに、なんだか芯みたいなのが……」

「ああ。ジェイドは気持ちいいとそうなるんだ。ほら」

グルナが先ほどより大胆に手を動かしてくる。勃起竿をしごかれ、気持ちよくなっていく。

「直接気持ちよくするのはもちろんだけど、視覚も大事だから。こうやって……」

グルナが自らの服をはだける。

すると大きなおっぱいが弾み、俺の目はそこに引き寄せられた。

「あ、おちんちん、ぴくんってした……。そ、そうだよね。ジェイドくんのおちんちんを見てるんだし、わたしも少しくらい……」

そう言って恥ずかしそうにしながら、ペルレも胸元をはだけさせる。

初めて見せてくれた、大きくて柔らかそうな胸と白い肌。

それ自体も魅力的なのに加え、恥ずかしそうなペルレの様子が、より俺を興奮させていった。

「あぁっ……おちんちんがまた反応してる……♥　んっ……」

ペルレは赤い顔で言うと、また肉竿をいじってくる。

つたない手つきで、そのまま肉棒をしごかれていく。

「ん、しょっ……すごいね、これ……」

ペルレはくにくにと肉竿を握りながら、グルナのほうを伺《うかが》う。

「これで、いいんでしょうか……？　すごく硬くて、熱い……」

「ええ。問題ない。ほら、手を動かしながら、ジェイドの反応を見て」

「はい……あっ♥」

ペルレはぎこちなく手を上下させながら、こちらを見てくる。

恥ずかしそうにしつつも興味津々といった様子は淫らで、俺を興奮させていく。

「ん、おちんちんしごかれて、気持ちいいんだね……」

彼女はそう言いながら、さらに手を上下させていく。左手の甲にある紋章が輝き、ペルレの手コキを特別なもののように引き立たてていた。

細い指がきゅっと肉棒をつかんで、しっかりと刺激し始める。

「あぁ……」

その愛撫に思わず声を漏らすと、ペルレは頬を紅潮させながら肉棒をしごいていった。

「おちんちんって不思議だね……最初は柔らかかったのに、こんなに硬く大きくなって……血管も浮き出てる……」

ペルレは幹の部分を撫でて、柔らかく刺激してくる。

その手が一度、血管をなぞりながら下へ行き、また上へと戻っていった。

「先っぽは膨らんでて、不思議なかたち……なんだか、すっごくえっちだね……♥」

「うっ……」

彼女はカリ裏の辺りを、その細い指で刺激してくる。

「あっ、ここが気持ちいいの？　こすこす……」

「ああ……」

俺の弱点を覚えたペルレの手が、裏筋やカリ裏を重点的に責めてくる。

「ふふっ、ジェイドの弱いところ、もう見抜かれてるな。ペルレはセンスがいいみたいだ」

グルナが楽しそうに言った。

「うん、こうやって、んっ……ちょっと、わかってきたかも」

ペルレはそう言いながら、肉竿をしごいてくる。先端を中心とした責めは、快感が大きい。

「ん、しょっ……あぁ……♥」

彼女自身も興奮し、うっとりしながら手コキを続けていく。

級友のその姿は、とてもエロかった。

普段、明るく元気といった印象のペルレが今、とても淫靡なオーラを放っている。

「ん……おちんちん擦ってるだけで、わたしまでえっちな気分になっちゃう……んっ、あぁっ……」

ペルレの手の動きは、彼女の興奮に合わせるかのように速くなっていった。

「ああ……」

先端を中心に責められると快楽は大きいが、まだ射精には繋がらない。

「ふふっ、それじゃ、私がこちらを責めてあげよう」

グルナはそう言うと、根元のあたりをしごき始めた。

　こちらは強さも的確で、直接的に射精を促すような動きだ。

「うわっ……」

　先端の快楽に根元の刺激が加わると、おまんこに締められるようで一気に射精感が増してくる。

「ほら、しこしこ……根元から先っぽに、絞り上げるように、んっ……」

「あっ、おちんちんの先っぽから、何か出てきた……これ、ジェイドくんが気持ちよくなった証なんだよね」

「ああ。もっと気持ちよくすると、最後は白いのがびゅーびゅーでてくるぞ。ほら、おちんちんしこしこっ♥　気持ちいいだろ♥」

「う、あぁ……」

　染み出す我慢汁に目を輝かせるペルレ。そんな彼女に説明をしながら、グルナの手が肉棒をしごいてくる。その気持ちよさに、俺はどんどんと高められてしまう。

「ん、しょっ……先っぽ、なでなで。敏感なところ、こすこすっ……」

「おちんぽしこしこ、しこしこっ……」

「ふたりとも、うぁ……」

　彼女たちの手にしごかれ、俺の限界が近づいてくる。

「先っぽがまた膨らんで、あぁ……♥」

「ほら、そのまま出しちゃえ、しこしこしこしこっ」

「う、気持ちよすぎて、もう、出る……！」

俺が言うと、ペルレはさらに目を輝かせた。実際、こんなに可愛いペルレも加わり、美女ふたりから愛撫されるなんて初めてだ。我慢なんてできない。

「精液、でるんだね♥　いいよ。わたしに、ジェイドくんが射精するとこ、見せて♥」

「ほら、いっぱい出して。しこしこしこしこしこっ♪」

「ああっ、出るっ！」

びゅくんっ、びゅるるるるうっ！

彼女たちに促されるまま、俺は遠慮なく射精した。

「きゃっ、すごいっ♥」

快楽のまま跳ね上がる精液に、ペルレが驚きの声を上げる。

勢いよく飛び出した白濁は、彼女たちを盛大に汚していった。

「あぁ……♥　白くてどろどろしたのが……すごい勢いで出てて、んっ」

「ふふっ、ほら、ジェイドの精液で、ペルレがエッチな姿になってるぞ」

自分も精液を浴びたグルナが、楽しそうに言った。

ペルレもすっかり顔と胸に精液を浴びてしまい、うっとりとしている。

その姿は、確かにものすごくエロい。

男を未経験の女の子を汚しているという状態が、背徳混じりの征服感を呼び起こす。

「あふっ……これが、男の子の精液なんだね。すごい……♥」

メスの表情になったペルレが、肌にまとわりつく精液をつまんだ。

「このねばねばが、子種汁……んっ……ぺろっ」

なんと彼女は、それを少し舐めとった。

「えっちな匂いと味がするね……んっ♥」

そしてもじもじとしだすペルレ。

「ジェイド、ちょっとまっててね」

そう言ったグルナが俺から離れ、ペルレに寄り添う。

「最初から、ちょっと刺激が強かった？」

「う、ううんっ……でも、すごかったかも……」

一度首を横に振ったものの、ペルレは興奮した様子でちらちらとこちらを見ていた。

そんな彼女の服を、グルナが整えていく。

俺は彼女たちの手コキによる射精の余韻に浸りながら、その様子を眺めていたのだった。


と、そこでは夜は終わらず、ペルレを部屋まで送ったグルナが戻ってきたのだった。

「ジェイドも、一度抜いたくらいじゃ収まらないだろう？」

彼女は妖艶な表情を浮かべながら、そう言った。

グルナのほうは、それこそまだ欲求を満たしていないしな。

そんな彼女が、服を脱いでいく。

美女が脱ぐ姿というのは、裸とはまた違ったエロさがある。

だんだんと肌が露出していき、普段秘められている場所が露《あらわ》になって……。

そしてグルナは、その妖艶な肢体を見せつけながらこちらへと迫ってきた。

「ジェイドのおちんぽも、またガチガチだね」

「ああ……」

彼女のしなやかな手が、肉棒を軽く握る。

そして裏筋をつーっと撫でていき、グルナが俺の上にまたがってくる。

「グルナも、もう準備ができているみたいだな」

「んっ……」

またがる彼女の足の間、女の子の花園はもう蜜を溢れさせ、薄く花開いていた。

そのピンク色の肉襞が、雄《オス》を求めて小さくひくついている。

「ふぅ、んっ……」

彼女は肉棒を自らの膣口へと導き、ゆっくりと腰を下ろしてきた。

「あぁっ……ん、ふぅっ……」

そしてその膣内に、肉棒をしっかりと納めていく。

「ん、あぁ……やっぱり、ジェイドのおちんぽはすごいな……」

味わうようにうっとりと言ってから、グルナはそのまま腰を動かし始めた。

「んっ……ふぅっ、あぁ……」

彼女は騎乗位で腰を振り、こちらを見下ろす。

「あっ、ん、ふぅっ……」

俺のモノを受け入れ慣れた彼女は、もうすっかりと肉棒の扱いを心得ており、自らと俺の気持ちいいところがこすれるように、腰を使っていく。

「あんっ、ん、あっ♥」

俺はそんな彼女を眺める。

美女を組み敷いて腰を振るのも気持ちいいが、こうして任せて見上げるのもいいものだ。

「んぁっ♥　あっ、ふぅっ、んっ……！」

腰を振る度に弾む爆乳おっぱいが強調されている姿は、ものすごくエロい。

「んぅっ、ふぅっ、あぁっ……」

グルナはリズムよく腰を振りながら、蕩けた表情で俺を見下ろした。

おっぱいの向こうで揺れるその表情もまたそそる。

「ふふっ……ん、あぁっ♥　おちんちん、私の中でいっぱい動いてるな……♥　あっ、ん、ふぅっ……んぁっ！」

喘ぎを混ぜながらしゃべるグルナの姿と、蜜壺の締めつけを楽しむ。

「あふっ、ん、あぁっ……」

「グルナ」

「んはぁっ♥」

俺は彼女の腰をつかむと、下から突き上げる。

「んはっ♥　あ、んぅっ……！」

その豊満な胸に比べて、すっと細い腰に手を回す。

なめらかな肌の感触を楽しみながら、腰を突き上げていった。

「あぁっ、ん、ふぅっ、んぁっ……♥」

膣襞がこすれ、きゅっとすぼまる。

しっかりと肉棒を咥えこんでいるその中を、かき回していった。

「あっ♥　あん、はぁっ、んぁっ……そんなに、あ、んっ！」

突き上げられたグルナはたまらなそうに嬌声を発しながらも、さらなる快感を求めて自ら動いてくる。テンポの異なる二種類の快楽が、お互いの感度を高めていった。

「あぁっ♥　んはぁ。あっ、ふぅっ……！」

声を漏らし、乱れていく彼女。

「あふっ、ん、あぁっ……」

俺はそんな彼女を、楽しんで突き上げ続ける。

「おちんぽ、奥まできて、あっ、んぅっ……♥」

背骨のラインを撫で、手をお尻へと回す。

そしてその丸みを帯びた、ハリのある尻肉をがっしりとつかんだ。

「んぅっ……」

むっちりとしたお尻に指が食い込み、俺はそこを引き寄せるようにする。

「んくぅっ！　あ、あぁっ……♥」

　ぐっと女性器の奥へと入り、亀頭が子宮口にキスをする。

　最奥を突かれた彼女が喘ぎ、身体をびくんと反応させた。

「あふっ、んぉっ♥　奥ぅっ、突かれると、んぁっ！」

　彼女は快楽に乱れながらも、逆に自ら激しく腰を振ってきた。

「んはぁっ♥　あ、ああっ！　気持ちよすぎて、んぁ、あぅっ！」

　大胆に腰を振り、肉棒を扱き上げてくる。精液を搾り取ろうとするかのような本能の動きだ。

「んぁっ♥　あっあっ♥　んぅっ、ふぅ、あぁっ……！」

　蠕動する膣襞が肉棒を咥え込み、射精を促している。

「んぁっ、ああっ！　イクッ！　あぁっ！」

　俺たちは快楽のまま互いに腰を振り、気持ちよくなっていった。

「あぁっ、イクッ！　んぁ、いちばん奥まで突かれて、んぁっ……ジェイドのちんぽに、全部こじ開けられてイっちゃうっ♥」

「ぐっ……」

　俺のほうも限界が近い。彼女の子宮口は、くぽっと亀頭を咥えこんで吸いついてくる。

「う、あぁ……」

「んあぁあっ！　あっあっ♥　すごいのぉっ、んぁっ、ああっ！　イクッ、イクイクッ！　イックウゥウウッ！」

びゅるうっ、びゅく、びゅくんっ！

グルナが絶頂し、膣内が収縮する。

その締めつけと同時に吸いついてきた子宮口に促され、俺は射精した。

「んはぁあっ♥　あっ、あぁっ！　ジェイドのザーメン、私の子宮に、直接注がれちゃってるぅっ……♥　あっ、んはぁっ……！」

最奥に密着した種付け射精を受けて、グルナが嬌声を上げていく。

「あぁ……すごい……ぜんぶ吸われるよ」

貪欲な膣襞にしっかりと搾り取られ、俺は精液をすべて吐き出す。

「ジェイド、んっ……♥」

彼女はそのままうっとりと微笑み、俺の上でぼーっとしていく。

「ふふ……ジェイド。ペルレは本気みたいだぞ。楽しみだな♥」

そんな言葉を聞きながら、射精の余韻に浸った俺は、しばらくそのままでいたのだった。

●

ペルレが訪れ、興味のまま手コキをしてから数日後。

今度はそのペルレが、ひとりで俺の部屋を訪ねてきたのだった。

「ね、ジェイドくん……」

少し緊張した様子の彼女の言葉を、俺はのんびりと待つ。

すると、やがて彼女はゆっくりと話し始める。

「この前、ジェイドくんが……出すところを見せてもらって……初めておちんちんに触って……。グルナさんにも、あれからも色々聞いたの。だからそれからずっとね……」

少しもじもじとしながら顔を赤くしているその姿は、とてもエロくてそそる。

「わ、わたし、すっごいえっちになっちゃって……その、ジェイドくんの硬いおちんちんとか、びゅーってでた精液のこととか、んっ……」

清純派っぽいペルレの口から出る性的な言葉は、ギャップもあってとてもいいものだ。

どうやらペルレの好奇心は、こっちのほうでも充分に発揮されているらしい。

「だからね、その……今度は、最後までしてほしいなって……♥」

そう言った彼女はこれまで以上にかわいらしく、俺は思わずペルレを抱きしめていた。

彼女は最初こそ驚いたものの、こちらに身体を預けてくる。

「ペルレ……」

俺はそんな彼女を至近距離で見つめ、そのまま唇を近づけた。

「ちゅっ……」

ペルレは目を閉じ、小さく唇を差し出してくる。その柔らかな唇に触れ、すぐに口を離した。

「んっ……わたし、すっごくドキドキしてる……♥」

ペルレはそう言うと、俺の身体に手を回して大胆に抱きついてくる。

彼女の大きなおっぱいがむにゅんっと押しつけられて、興奮を煽ってきた。

「ん、ちゅっ……♥　ふぅっ……」

今度は、彼女のほうからキス。

ちょんっと触れるだけの清楚なキスが、初々しくて心地いい。

「ん、ちゅっ……」

そして俺たちは抱き合ったまま、何度かキスを繰り返していった。

「ふぅ、んっ……」

そして唇を離した彼女は、うっとりとした表情でこちらを見た。

俺はそんな彼女を見つめながら、手を双丘へと動かしていく。

「んぅっ♥」

むにゅんっと柔らかなおっぱいに両手で触れると、彼女が小さく声をもらした。

そのままこちらを見つめるペルレの熱い視線。恋人とかって、こんな感じなのかなと思う。

その瞳を見つめ返しながら、手を動かしていく。

「んっ……ジェイドくんの手、大きいね……男の人の手って感じがする。初めてで、ん、あっ……」

むにゅむにゅとおっぱいを揉んでいくと、ペルレが色っぽい吐息を漏らしていった。

グルナ以外で初めて知る、普通の女の子の柔らかな感触を楽しんでいく。

汗ばんだペルレの甘い体臭が、俺を安心させてくれる。俺の紋章を見ても、優しくしてくれるペルレ。彼女と出会ったことは、俺のなかでも思いのほか大きかったようだ。

その大きなおっぱいも柔らかく俺の手を受け止め、かたちを変えていった。

「あぁ、ん、ふぅっ……」

愛撫を受けるペルレは、艶やかな息を漏らしていく。

美しい異性の吐息はとてもエロくて、俺を興奮させていく。

「ん、ふぅっ……なんだか不思議な感じがする、ん、あぁ……人に触れるのって、ん、あぁ……」

「自分でするのと違う？」

「んっ……うん……」

俺が尋ねると、彼女は恥ずかしがりながらもうなずいた。

清純そうな彼女でもオナニーをしているという事実は、そそるものがある。

「大きな手でおっぱい揉まれて、ん、あぅっ……♥」

むにゅむにゅと乳房を堪能していくと、彼女の顔が蕩けていく。

「ジェイドくん、んっ……」

俺は大きなおっぱいをもみほぐし、その頂点で主張を始めた乳首に触れた。

「ひゃうっ♥」

彼女は敏感に反応して、こちらへと目を向ける。

「ジェイドくん、それ、んっ……」

俺はくりくりとペルレの乳首をいじっていった。

「あっ、そこ、ん、ふぅっ……」

つんと尖った乳首をいじられると、ペルレは艶めかしい吐息を漏らしていく。

「あっ、ふぅっ、んっ……」

感じていることがしっかりとわかるその様子に、俺の興奮も高まった。

「あっ、ん、はぁ、ふぅっ……」

俺はそのまま乳首をいじりながら、おっぱいの柔らかさも楽しんでいく。

「あっ、ん、はぁ、ああっ……！」

続ける内に、彼女の反応も変わってきた。より、快楽にせっぱ詰まった表情になっていく。

「ジェイドくん、んっ、あっ、あぁ……♥」

ペルレは声を出しながら、潤んだ瞳で俺を見上げる。

俺はそんなペルレをベッドへと寝かせ、服を脱がせていった。

「あぅっ、ん、ふぅっ……」

上半身が露《あらわ》になり、たわわなおっぱいが揺れる。俺はその胸に近づいて、愛撫を重ねた。

「あぅっ、ん、あぁあっ♥」

顔を大きなおっぱいに埋めるほどに寄せて、しっかりと揉んでいく。

「あふっ、そんなに、んぁ、顔を近づけて……♥　んっ、わたしの胸、直接、あっ、はぁっ……♥　だめぇっ……」

彼女は羞恥と快楽で蕩けていく。その姿は俺を昂ぶらせ、さらに愛撫を続けさせた。

「あっ、ん、ふぅっ、んぁっ……」

彼女は小さく身体を揺らす。その動きもまたエロく、俺は手を腰側へと下ろしていった。

「あっ、んっ……」

そしてスカートを脱がせると、彼女の身を包むのは小さなショーツ一枚となってしまう。

「ああっ……♥」

そんな姿を見られ、ペルレが恥ずかしそうに声を漏らした。

きゅっと足を閉じる仕草が、かえって俺を煽っていく。

俺はそんな彼女の腿《もも》をつかみ、足を開かせる。

「ん、あぁ……♥」

顔を手で覆って隠してしまうけれど……。

足を広げられ、無防備にさらされてしまった下着のそこは、もうしっかりと濡れていた。

愛液がしみ出し、秘部に張り付いた状態で、割れ目の形を赤裸々に見せてしまっている。

最後の一枚。薄いショーツに手をかけて、ゆっくりと下ろしていった。

「あぅっ……ん、あぁ……わたしのぜんぶ、んっ、ジェイドくんに見られてるっ……」

恥ずかしそうに言う彼女を前にして、俺は滾《たぎ》っていた。

しかしペルレは未経験だということもあり、焦りは禁物だ。

俺はその濡れた割れ目に、まずは指を這わせていく。

「んはぁっ♥」

男に初めて性器に触れられ、彼女が嬌声をあげる。俺はそのまま、割れ目を往復していった。

「んぅっ……ふぅ、あぁ……」

色っぽい声をもらす彼女の、敏感な割れ目を指先で刺激していく。

愛液を指にまとわせ、淡い陰唇を軽く押し開いた。

「んっ……」

反射的に閉じようとする腿をそっと押さえ、そのまま愛撫を続けていく。

「あぁっ……ん、ふぅっ……」

くちゅくちゅと卑猥な音が響き、彼女のそこがさらに愛液を溢れさせていく。

愛らしいクラスメートの美少女は、男とのセックスの準備がしっかりと出来つつあった。

「んぁっ♥　あ、あぁ……そこ、ん……」

俺はその入り口を指で押し広げ、まだ誰も見たことがない内側を露出させてしまう。

慎ましい花弁と、奥を守る処女膜。そこがかぐわしい蜜に濡れ、牝《メス》のフェロモンを放っていた。

俺はその入り口を、丁寧にほぐしていく。

「あふっ、ん、あぁ……そんなに、くちゅくちゅいじっちゃ、あぁ……♥」

初体験への恥ずかしさと気持ちよさで声をもらしていくペルレ。

今から彼女の処女を貰う。

俺はますます濡れていくペルレに昂《たかぶ》りを覚えながら、しっかりと愛撫していく。

「んぁ、あ、あぁ……ジェイドくん、ん、もうっ、あっ、あぁ……♥」

すっかりと色づき、性感を得ているペルレの声。

おまんこもほぐれ、蜜をこぼしながら肉竿を待っているようだった。

俺は手を放すと、もう滾《たぎ》りきっている肉棒を取り出す。

「あぁ……♥　ジェイドくん……」

そそり立つそれを見上げて、ペルレが期待の声を上げる。手コキのときからずっと、俺とのセックスを望んでくれていたのだ。それがとても嬉しい。

「ああ、それじゃ、いくぞ」

「はいっ……♥」

俺はその剛直を、処女の入り口へとあてがった。

「んぁっ、あぁ……♥　硬いのが、んっ……」

くちゅり、と愛液をまとった肉棒が秘裂を押し広げていく。

「んぅっ、ふぅ、あぁっ……！」

肉棒の先端が処女膜に行き当たり、それをぐっと押し広げていく。

「いくぞ」

「うんっ……きてっ……！」

彼女の言葉に腰を進めると、メリメリと膜を引き裂きながら肉棒が飲み込まれた。

「んくぅっ――！」

初めて肉棒を受け入れた彼女は、声を出すと身体に力を入れた。

狭い膣内がきゅっと反応し、肉棒をきつく締め上げる。

俺はそのまま、しばらくじっとしていた。

「あぁっ、ん、ふぅっ……」

彼女が落ち着くまで、刺激を与えすぎないように。

「あ、あふっ……わたしの中に、んんっ、熱くて大きいのが……あぁ……」

「大丈夫か？」

「うん……すごい、お腹の中に、んっ……ジェイドくんのおちんちんが、入ってるんだね……ん、ふぅっ、あぁ……！」

十分に濡れていたため挿入はスムーズだったが、やはり初めてということで、最初は受け入れるので精いっぱいみたいだ。

「あふっ、ん、んっ……ジェイドくん……」

それでもしばらくすると、挿入感にも慣れてきたみたいで、彼女が俺を見上げた。

俺は小さくうなずくと、慎重に動き始める。

「あ、ん、ふぅ……わかります……ジェイドくんのおちんちんが、わたしの中で、んぁ♥」

ゆっくりと腰を動かしていくと、ペルレがかわいらしい声をあげる。

「んぅっ……すごい……あぁ……♥　繋がって、ん、あぁ……」

「くっ、中、かなり狭いな……」

つい先ほどまで処女だった膣内はきつく、肉棒を締めつけてくる。

「んはぁ、あぁ……♥　わたしの中、押し広げられてるっ……」

その狭い膣内をゆっくりと往復していくと、蜜壺がそれに応えてくれた。

とろりとあふれ出す愛液をなじませながら、膣内を開拓していく。

「あふっ、ん、あぁっ……！」

処女の膣道は、異物を押し出すかのように蠢いていた。

「んぁ、あっ、ああっ……ふぅっ……」

その中を慎重に動いていく。初めて交わるおまんこだ。すさまじい興奮と気持ちよさはあるが、ペルレに無理はさせたくない。

「んぁ、だんだん、あっ、ふぅっ……♥」

往復の度に襞がこすれ、ペルレがだんだんと声をもらしていく。

「少しずつ、慣れてきたな……」

膣内が肉棒に馴染み、今度は抵抗ではなく、快楽のためにからみついてくるようになってきた。

「うんっ……おちんちんが、わたしの、あっ、んっ……中を擦り上げてきて、んぁっ、ふぅっ」

声を漏らす彼女の中を往復し、膣襞を擦り上げていく。

「あふっ、んっ♥　あっ、ふぅっ、んぁっ……♥」

ペルレの声はだんだんと快楽に傾いていき、その反応が俺の腰を動かしていく。

「あぁっ♥　ジェイドくん、わたし、んっ……♥」

「いっぱい感じてくれ、ほら……」

「んはぁっ♥」

中を擦り上げるようにすると、彼女がぴくんと身体を跳ねさせる。

すっかりと快感を得ているその様子に、俺も腰の速度を上げていった。

「んはっ♥　あ、それ、すごいっ、んぅっ！　おちんちんが、んぁっ……！　中、擦りながらいっぱい突いてきて、んぅっ！」

ピストンの度に彼女の身体が揺れ、おっぱいも弾む。

その光景もエロく、俺の興奮をあおり立てた。

「あふっ、ん、あっ、これっ……あぁっっ……ジェイドくん、んぁ、ああっ！」

彼女も高まっていき、嬌声が大きくなってくる。

俺はさらにピストンを行い、熱い蜜壺をかき回していった。

「ああっ♥　もう、ん、あぁっ……すごい、んぁ、ああっ……イクッ！　あぅっ、イっちゃうっ！」

彼女がそう言って、乱れていく。俺はラストスパートでさらに激しく腰を振っていった。

「んはぁっ♥　あっ、あぁっ……だめっ、んぁ、あぁっ……！」

俺のほうも、そんな彼女のおまんこを必死に突いて射精欲が増していく。最初に我慢した分、もう貪ってもいいんだと思ったことで、処女穴に遠慮なく突き込んでしまっていた。

「んぁっ♥　あっ、あっあっ♥　ん、ふぅっ……！」

昂ぶりのまま激しく抽送を繰り返す。何度も何度も、肉棒で秘穴をくじる快感を味わった。

「あぁっ、もう、んぁっ、イクッ！　あっあっ♥　んぁ、ふぅっ、んぁ、イクッ、イクイクッ！　イックウゥゥウゥッ！」

「う、あぁ……！」

彼女がビクンと身体を跳ねさせながら絶頂した。それに合わせて処女まんこがきゅっと収縮する。

「んはぁッ♥」あっ、あぁっ！　すごいのぉっ♥　ん、あぁっ！

膣襞が肉棒を刺激し、本能で射精を促してくる。はしたないおねだりに俺ももう耐えきれない。

「出すぞ……！」

「んぁっ、あっ、ああっ！」

俺は奥まで肉棒を突き入れると、そのまま射精した。

「んはぁぁぁっ♥　あ、ああっ！　熱いの、わたしの中に、どびゅどびゅって♥　んぁ、いっぱいでてるぅっ……！」

つい先ほどまで処女だった絶頂まんこに中出しを決められて、ペルレが嬌声を上げた。

俺はその締めつけで、余さず精液を搾り取られていく。

「あふっ、んあぁ……♥　すごい、あぁ……」

彼女は絶頂と中出しで快感に流され、体力を使い果たしていた。

「あ、あぁっ……ん、ふぅっ……」

そんな彼女から肉棒を引き抜き、そのまま横に転がった。

「あぅっ……すごかった……こんなに気持ちいいんだ……♥」

うっとりと言うペルレはとてもかわいらしく、同時にエロかった。

身も心も俺を受け入れてくれたペルレを抱き寄せ、その心地よさに浸っていくのだった。

第三章　クエスト体験

授業も順調に進んでいくと、次は冒険者として実際にクエストをこなしていく、というカリキュラムになっていった。

元々は魔法を教える最高峰の学園ということだったが、今では実質、優れた冒険者を排出するための訓練所とも言われている。

そのため、こういった実践的なカリキュラムが積極的に行われているのだろう。

国家同士の争いがない時代。最大の問題は、やはり上級モンスターなのだという。

冒険者パーティーには、互いの相性が重要だということもあって、クエスト実習のパーティーは日頃の行動などを元に組まれていた。

俺はペルレ、グルナ、ヴィリロスと一緒に挑むことになった。

ペルレとグルナはもちろん、なんだかんだヴィリロスとも授業で組むことが多かったしな。

またこのパーティーは、必然的に学内一の実力派として認識されている。

明るく真面目な優等生ペルレ、トップラスの家格と実力を持つヴィリロス、正体を隠してはいるものの、そもそもが反則レベルな女神グルナというメンバーだから、当然と言えば当然だ。

そのため受けるクエストも、学生向けに回された中では上位のものだった。

今回与えられた内容は、洞窟内に出る鉱石の回収だ。

道中、モンスターと出会う可能性がそれなりに高いため、ある程度戦闘訓練の実績があったほうがいいクエストだ。

「うぅ……でも、実戦となると緊張するね」

ペルレは少し怖じ気づいた様子で言った。

単純に実習成績で言うと、ペルレにはこれといって目立った部分がない、というのもあるだろう。

決して不出来というわけではないが、性格もあまり戦闘向きではない。

ヴィリロスなどはどれも優秀で目立っているから、それと比べると自信がないのだろう。

「これまで習ってきたことをしっかりとできれば大丈夫ですわ。ペルレだって、ちゃんと結果を出していますもの」

逆に自信に溢れたことを言うヴィリロスだが、やはり少し緊張しているのか、その声は震えているのがわかる。

成績はトップの彼女だが、お嬢様育ちだということもあって、やっぱり箱入りなのだ。

家庭教師による指導や練習は重ねていただろうが、実戦は当然、彼女も初めてである。

だから、普段通りできれば大丈夫だと頭ではわかっていても、緊張してしまうのだろう。

「採掘か。久しぶりだな」

そんなふたりと違って、グルナは余裕に溢れている。

まあ俺もグルナも森や山に親しんだ育ちだ。神であるグルナがともかく、俺なんて、生きているだけでもいつも実戦だったしな。

野獣やモンスターを倒すのだって日常だった。

そんなわけでグルナと俺、ペルレとヴィリロスではテンションが違うものの、四人でさっそくクエストへと向かうのだった。

安全な街を出ると、注意して洞窟のある森へと向かうその途中。

「お弁当を作ってきたんだ」

口数の少ないペルレたちを気にせず、グルナは軽い調子でそう言った。

「確かに、食事は重要ですわね」

ヴィリロスは真面目な顔でうなずく。

多分彼女のほうは、クエスト中の栄養補給や、食事によるモチベーションの維持などを考えているのだろう。

だが、グルナは単にピクニック気分なだけだ。これはほぼ間違いない。

心なしかいつもよりテンションの高いグルナは、森を見回している。

これも、周囲を警戒しているようだが違う。久しぶりの森林浴を楽しんでいるだけだ。

対して、ヴィリロスは体力の温存につとめているし、ペルレのほうはすでにかなり警戒体勢だった。こんな調子だと、連携は難しいかもしれないな。

真面目なふたりのほうが、クエストの実習としては正しいのだろうけど。

このメンバーの実力を考えればそんなに身構えるほどの場所でもないので、あまり気にしすぎるのも、おそらく冒険者としてはよくないのだろう。

気張りすぎず、しかし油断はしすぎず、自然体で構えているのがいい。

そうは思っても、実際にやるのは俺も難しかった。

俺とかグルナは、大半の相手なら隙を突かれても巻き返せるから、どちらかというと油断しすぎの部類だろうしな。人間社会を学ぶことが目的だから、卒業後も別に冒険者になる気などないというのも、クエストに集中できない理由だろう。

まあ俺はまだしも、女神グルナが本気で冒険者として活躍するっていうのも、なんか違うし。

そんな状況があるとすれば、大昔に神々が活躍したというような、世界中が危機的な状態のときだけだろう。

紋章こそ劣等だが、人間界での俺の実力もかなりわかってきた。ヴィリロスだけでなく教師たちの様子からも、俺はかなりの強さになっていると思う。神々の英雄教育は伊達じゃないな。

だから俺たちは、学園からすればあまりいい生徒ではないかもしれない。

でもこうして人間界に再度触れることで、またそんな危機が訪れたときはきっと、グルナがスムーズに手助けできるはずだ。だから、大目に見てほしい。

そんなふうにのんびりが二人、真面目が二人で森を抜けていると、当然というべきか、道中にもモンスターが出てきた。

一角ウサギという、その名の通りツノのあるウサギのようなモンスターだ。普通のウサギよりは二周りほど大きく、力も強い。小動物のような見た目なのに、むしろそこらの肉食獣よりも凶暴で人間を襲ってくる、というのも特徴だ。

そんなモンスターを前に、ヴィリロスとペルレが身構える。

「はっ……！」

ヴィリロスがすぐに火の魔法を放ち、一頭の一角ウサギを仕留める。

元が獣系のモンスターということで、火属性には弱い。とはいえ、相手に対して豪勢すぎる火力だったのは、まだまだ緊張があるせいだろう。

「うわっ、んっ……」

ペルレもすぐに攻撃魔法を放とうとしたが、自分へ向けて迫ってくる一角ウサギの迫力に乱れ、魔法の威力が下がってしまったようだ。

ペルレの魔法が土属性だということもあり、モンスターは苦手な炎を操るヴィリロスよりも、彼女を狙うことにしたようだ。強引にペルレへと突撃を続行したので――迫るモンスターを俺の風魔法で切り裂いた。

「あ、ありがとう……」

ペルレが驚きながらも礼を言う。

「ああ。実際にモンスターを前にしたら、焦るのは仕方ないからな」

そのためにこそ、特に初心者の冒険者はパーティーを組むのだ。

ひとりでは取り返しのつかないミスも、仲間がカバーしてくれればなんとかなる場面も多い。

もちろん、パーティーでもどしようもない状況なんてのはいつでもあって、命を落とす冒険者だって多いわけだが。

ともあれ、まだ実戦慣れしていないペルレは、なかなか実力を発揮するのが難しいようだ。

それも仕方ないだろう。

ヴィリロスにだって、緊張で力を出し切れていない部分はある。

それでも元々が飛び抜けて優秀なのと、貴族令嬢として生きてきた中でのメンタルの強さは感じさせていた。

「さすがですわね……おふたりは」

そんな彼女も、落ちついている俺とグルナに言う。

「まあ、田舎の森育ちでモンスターにはなれてるからな」

「ああ、そういうことだ。慣れればふたりだって、問題なく力を発揮できるようになるさ」

そんな話をしながら、森を進んでいった。

何度かモンスターと遭遇する内に、ペルレも少しずつ慣れていく。

正面から襲われるのは怖いようで、なるべく物陰や横合いから攻撃魔法を放っていた。もちろん戦闘では、そういった位置どりも重要だから訓練になってはいる。

「やっぱり、難しいね」

戦闘後にそう言うペルレ。

「でも、今のはちゃんとモンスターを倒せていたし、いいと思う」

そう言うと、彼女は嬉しそうに微笑む。

そして経験を増やしながら俺たちは森を進んでいき、洞窟へとたどり着いたのだった。

●

それからクエストを無事に終えた俺たちは、達成報告を行ってから寮へと戻った。

帰ってくるときに他のパーティーとも会ったが、初のクエスト実習ということで多くの生徒たちは疲れているようだ。慣れないことっていうのは、消耗するからな。

俺たちの他にも何人かいた、すでにモンスター討伐経験がある生徒たちは、やはり余裕があるみたいだった。

そんなそれぞれの様子を眺めつつ帰宅し、部屋でくつろぐ。

そうしていると、部屋のドアがノックされた。招き入れると、そこにいたのはペルレだ。

「今日は、手伝ってくれてありがとうね」

「最初だし、疲れただろう？」

そんな話をしつつ、少しふたりで穏やかな時間を過ごす。

「なんだか、眠れなくて」

「なるほどな」

初実戦の緊張の後ということもあり、落ち着かないのだろう。

その気持ちはわかる気がする。

「そういうときは、もっと身体を使ってみるほうがいいかもな」

普通なら訓練や運動ということにもなるが……。

「そうかも」

そう言ったペルレは、俺を見つめた。

部屋でふたりきり、となれば、することは決まっている。

「んっ……」

俺は彼女にキスをして、抱き寄せる。

細いペルレの身体が、俺の腕にすっぽりと収まった。

「ん、ちゅっ……♥」

彼女は少し背伸びをするようにしながらキスをして、こちらへと身体を預けてくる。

「んむっ、ちゅ……♥」

そのまま、軽く舌をからめていく。

「あむっ、れろっ……」

彼女も舌を伸ばし、俺の舌を愛撫していく。

俺は次に、大きな胸へと手を伸ばしていった。

「んっ……」

むにゅり、とその双丘を揉んでいく。

「あん、んっ……」

小さく声を上げる彼女の胸元をはだけさせる。

美少女を脱がす興奮のまま、直接柔らかなおっぱいに触れていった。

「んぅっ、ちゅ、れろっ……」

ペルレは小さく吐息をもらしながらも、俺の舌を愛撫してきた。

「んふぅっ……れろっ……」

そうして舌の感触を楽しんで、両手ではおっぱいを揉んでいく。

柔らかく極上の感触が、ふわりと俺の指を受け止めていった。

「んむっ、ふぅっ……ジェイドくん……」

彼女は潤んだ瞳で俺を見つめる。

俺はそんなペルレの双丘を、手のひら全てで揉み込む。

「んっ、ふぅっ……」

むにゅむにゅとかたちを変える乳房は、気持ちよく艶めかしい。

「あっ……んっ……」

両手でこねるように揉んでいくと、彼女が反応してくれる。

そして小さく身体を動かしながら言った。

「ジェイドくんの硬いの……わたしのお腹にあたってるね。ほら」

そう言って、服越しの肉竿を擦り上げてくる。

そしてそのまま、大胆に手を伸ばしてきた。

「あっ……きゅって握ると、すごく硬いのがわかるね♥」

彼女はそう言って、にぎにぎと男根を刺激してくる。

「ふふっ♥」

妖艶な笑みを浮べた彼女は、そのまま身体を下へとずらした。

俺は胸から手を離し、彼女の動きに任せる。

「ズボンの中で苦しそう……ほら、出してあげる♪」

ペルレは俺のズボンを下着ごとずらし、肉竿を露出させた。

「大きなおちんちん、こんなに反り返って……♥」

愛おしそうにして、そっと肉棒を撫でてくる。

柔らかい小さな手に擦られると、猛ったそこがビクンと反応する。

「すりすり……♥　やんちゃなここを、かわいがってあげるね♪」

そう言ったペルレが、肉竿を丁寧に擦っていく。

「うっ……」

なめらかな指先に擦られるのは、とても気持ちがいい。

「しこしこーなでなで」

彼女は敏感な先端を撫でると、こちらを上目遣いに見た。

その表情はかわいらしくもエロい。

そう思いながら眺めているとペルレが小さな口を開け、ピンク色の舌を出した。

「れろっ……」

そして躊躇《ためら》うことなく、裏筋を舐め始める。

「あぁ……ペルレ」

「先っぽぺろぺろするの、気持ちいいんだよね」

「ああ、そうだな……」

俺がうなずくと、彼女はそのまま舌を伸ばして肉棒を楽しそうに舐めてくる。

「れろっ……ちろっ」

クラスメートの温かな舌が、肉竿をねっとりと濡らしていった。

「ぺろっ、ちゅっ♥」

そして先端に優しくキスをしてくる。

「おちんちん気持ちいい？　れろぉ……♥」

「ああ……すごくいいよ」

すると彼女はこちらに見せつけるようにしながら、大きく舐め上げてきた。

舌愛撫の気持ちよさはもちろん、まだ不慣れなはずのペルレの大胆さも俺の官能を刺激する。

明るく元気なペルレの、女の顔。俺だけが知っているその姿に、興奮が増していった。

「れろっ……ちろっ……」

彼女はそのまま、ご奉仕を続けていく。

「ちろろっ……ちゅ、れろっ……ん、ここかな？　ん……ちゅ」

舌先が試すように、肉竿を舐め回してくる。

「れろろっっ……それじゃ、次はお口で咥えて……あーむっ♪　ちゅぷっ……♥　ん、ふぅっ……れろっ」

「おおぉ……」

ぱくりと先端を咥え、そのまま舐め回してくる。

「くぽっ……れろっ、ちゅぱっ……」

温かな口内に包まれながらの舐め回しに、快感が蓄積されていった。

「あむっ、ちゅぷっ……ちろろっ……れろぉっ……。こうやって、ん、お口でちゅぽちゅぽしながら……んっ♥」

彼女は小さく頭を前後させて、唇で肉竿をしごいた。

「れろろっ……ちゅぷっ、じゅるっ、ちろっ……舌で、おちんちんをくるくると舐め回すように、れろろろろっ……」

「おっ……そんな……くっ」

ざらりとした舌先が、ローリングして肉棒を舐め回してくる。

「れろろろっ、ちゅぶっ、ちゅ♥」

その刺激には、思わず腰が浮かび上がる。

「んむっっつ……♥　ふふ、もっと奥まで、おちんぽしゃぶってほしいの？　あむっ、ちゅぶっ……

あーもっ♥」

彼女は深く肉棒を咥えこんで、また頭を動かしていった。

「あむっ、じゅぽっ……ちゅぶっ……」

小さな口に肉棒を頬張る姿は、とてもエロい。

「あむっ、じゅるっ……れろっ……先っぽから、我慢汁がでてきたね……♥　ん、ちゅぱっ、じゅるっ……」

「ああ……」

軽く吸いつくようにしながら、フェラを続けるペルレ。

「あむっ、じゅぽっ……れろっ、ちゅっ……」

そうして舐められていると、だんだんと射精欲が膨らんでくる。

「じゅぶっ……れろっ、ちゅっ……」

彼女はそのまま大きく頭を動かし、俺を導いていった。

「う、そろそろ……」

「出そう？　いいよ♥　そのまま、じゅぶっ……わたしのお口に、れろろっ……いっぱい精液出して？　またいっぱい、わたしで気持ちよくなった精液……見せてね、ちゅうぅっ！」

「うぁ……」

吸いついてくる彼女に、我慢汁が先端から抜き取られていく。

「それじゃ、一気にいくよ？　じゅぶぶっ……じゅぽっ……れろっ。ちゅぱっ！　じゅるっ、じゅぶぶっ、ちゅぷっ♥」

「う、あぁ……ペルレ……そんな！」

彼女は大きくスライドしながら、肉棒を舐め回して刺激する。いつのまに、こんなテクニックまで身につけていたんだろう。

「じゅぶぶっ、じゅるっ、ちゅぽっ♥　じゅるるっ、んむっ、ちゅぱっ、じゅるるっ……んむっ！」

俺はその吸いつきに欲望が膨らみ、彼女の頭をつかむと股間に引き寄せていった。

「んむっ、んくっ、ちゅぽっ……」

喉の奥まで肉棒を押し込まれた彼女は、一瞬驚いたようになるものの、すぐに妖艶な笑みを浮べてそれまで以上に吸いついてくる。

「じゅるるるるっ！　じゅぽっ、じゅぶぶっ！」

「うあっ、ああっ……！」

肉棒をバキュームし、しゃぶりついてくるペルレ。

口内でさらにかき回されて、精液が腰からせり上がってくる。

「じゅるっ、じゅぶっ、ちゅぅっ……！　じゅぶぶっ、れろろろろっ！　じゅるるっ、じゅぼっ、じゅぶぶぶっ！」

「出るっ！」

俺は宣言とともに勢いよく射精した。

「んむっ♥　ん、んうっ……」

肉棒が大きく跳ねながら精液を放っていく。彼女はそれをすべて、口内で受け止めてくれた。

「んむっ、ちゅ♥　じゅるっ……」

そしてそのまま、精液を飲み込んでいくペルレ。

「んくっ、ん、ごっくん♪」

そして飲み干してしまうと、やっと肉棒を口から離した。

「あふっ……♥　濃いの、いっぱい出たね」

彼女はエロい表情のままで、身を起こした。

「ん、ジェイドくんの、どろっどろな精液で、わたしの身体も反応しちゃうね……♥」

そう言って、スカートをたくし上げる。

女の子の大切なところを包む、頼りない布。

ただでさえ小さく心許ないのに、今は濡れて張り付き、守るべきところのかたちを赤裸々にさらしてしまっていた。

女の子の割れ目が、下着越しにはっきりとわかる。

「あふっ……♥　ん……」

彼女はそんな下着に手をかけると、するすると下ろしてしまう。

もうしっかりと濡れて準備万端なおまんこが、俺の眼前に無防備に露出する。

「まだまだ元気なおちんちん……♥　今度は、わたしのここに……んっ……」

彼女は座ったままの俺にまたがってくる。

そして猛ったままの肉棒を、自らの膣口へと導いていった。

「んっ……ふぅ、んぁっ♥」

ぬぷり、と。先端が埋まるのに合わせて陰唇がまくれ、俺はペルレの奥へと侵入していく。

「んぁっ♥　あ、あぁ……♥」

ぬかるむ愛液をまといながら、肉棒がすっぽりとおまんこに飲み込まれていった。

「あふっ、硬いおちんちん……わたしの中に、ん、あぁっ♥」

ペルレはそのまま腰をぺたんと下ろしきり、対面座位のかたちで繋がる。

「熱いおちんぽ、わたしのなかを押しひろげて、んっ……」

ペルレはたまらず、こちらへと抱きついてきた。

むにゅんっと柔らかなおっぱいが、俺の身体に押しつけられる。

「ん、ふぅっ、あ、ああっ♥」

その豊満なバストに気をとられている内に、ペルレは俺に抱きつくようにしながら、腰を動かし始めていった。

「ジェイドくん、ん、あ、ああっ♥」

ぎゅっと腕に力を入れながら、弾むように腰を振っていく。

「ああっ、ん、ふぅっ、あぁっ……♥」

膣襞が肉棒を擦り上げ、吸いついてきた。覚えたての快感に、すっかりハマっているようだ。

「あふっ、ん、あぁ……♥　おちんちん、すごいのぉ……♥」

彼女が腰を動かす度に、そのおっぱいも揺れていく。

押しつけられているため、むにゅむにゅとした柔らかさを感じられた。

「あふっ、ん、あぁっ……♥」

そしてその柔らかさの中に、ぽちっとしたしこりのようなものが二つ感じられる。

「んぁっ、あっ、あああっ……♥」

感じて、すでにしっかりと立ってしまったペルレの乳首だ。

「あぁっ、ん、はぁっ……♥」

腰を動かす度に、乳首も俺にこすれていく。それで彼女も気持ちよくなっているようだ。

「あふっ、ん、あっ、あぁっ……♥」

ぷっくりとした乳首をわざとこすりつけながら、ペルレは腰を動かしていた。

「んぁっ♥　あっ、あぁっ……！」

身体ごと密着したまま、蜜壺はうねりながら肉棒をしごき上げる。

ペルレとの一体感と気持ちよさに浸りながら、俺は彼女の背中を撫でていった。

「ひゃうっ♥　ん、あぁっ……」

撫で回していくと彼女がかわいらしく反応する。

セックスの最中ということもあり、全身が敏感になっているようだ。

そんな彼女を可愛く思いながら、俺はさらにいやらしく背中を撫でていく。

「あふっ、ん、あぁっ……♥」

うっとりと声を漏らしながら、ペルレは腰を動かしていった。

「んふぅっ……あっ、あぁっ……ん、あんっ♥」

嬌声を上げ、抱きつくようにしながら腰を振っていくペルレ。

「あっ、ん、あふっ、んぁっ！」

彼女の快感が増すにつれて、その腰振りも大胆になっていった。

「あっ♥　ん、はぁっ……んぅっ！」

ペルレは喜びの声を上げながら、快感を求めて腰を動かす。

膣襞が蠢動しながら肉棒を擦り上げるので、俺も再び精液を放ちたくなってくる。

「んはぁっ♥　あっ、ん、ふぅっ……♥　ジェイドくんのおちんちんが、んぁっ♥　わたしのおまんこ、ずぶずぶって、んぁっ♥」

「ああ。こっちからも、それっ！」

「んはぁぁぁっ♥」

お尻をつかんで引き寄せ、肉棒を深く突き挿していく。

すると彼女がのけぞるようにして反応し、おまんこもきゅっと収縮した。

「あふっ、んぁっ、ああっ！　それ、あふっ……」

「こっちからも、責めていくぞ」

俺も下から彼女を支えつつ、腰を突き上げていく。

「んはぁっ♥　あ、だめ、んぅっ……」

ペルレが強い刺激に震えながら、さらに強くしがみついてきた。

ますます身体が密着し、その柔らかさを感じる。

おっぱいがむにゅりとつぶれながら押し当てられて、とにかく気持ちがいい。

むっちりとしたお尻をつかんだまま、一心に腰を振っていった。

「あっあっ♥　んぁ、だめぇっ……♥　突き上げられて、んぁっ！」

彼女は身体を揺らしながら、どんどんと乱れていく。

「胸もアソコも気持ちよくて、わたし、んぁ、ああっ！」

俺はそんなペルレのおまんこを突き上げ、膣襞をぞりぞりと擦り上げていった。

「んはぁっ♥　あっあっ♥　だめっ……！　もう、んぁっ、あっ、イクッ……！　あっ♥　ん、ふぅっ、んぁっ！」

必死にしがみつくようにしながら、耳元でエロい声を上げる。

熱くなった身体と、その柔らかさ。おまんこの締めつけと、耳元での嬌声。

それらが俺を興奮させて、腰振りをより激しくさせていた。

「んはぁっ♥　あっ、んくぅっ！　あぁっ、あんあんっ♥　んぁ、ふぅっ、あっ、あぁっ……んはぁっ！」

予兆に震えるその膣襞。うねる蜜壺を犯し尽くし、突き上げていく。

「あっあっ♥　もう、んぁっ、ああっ！　イクッ！　んはぁっ、ん、くぅっ、あぁっ、イクイクッ！

イックウウゥウゥウゥッ！」

ついにペルレは、ぎゅっと俺に抱きつきながら絶頂した。

「うおっ……」

「あぁっ♥　ん、はぁっ、んぅっ！」

快感の余韻なのか再び強く抱きつかれ、おっぱいの柔らかさと蜜壺の締めつけに襲われる。

俺はその気持ちよさに浸りながら、ラストスパートをかけた。

「んはぁっ♥　あ、だめぇっ♥　あっ、んぁっ！　イってるおまんこ、そんなにズブズブされたらあっ♥」

そう言いながらも、もっともっととねだるように腰を動かす。感じすぎているのに、我慢できないようだ。

「あふっ、んぁっ♥　気持ちよすぎて、おかしくなっちゃうっ♥　あぁっ、イってるのに、また、んあっ、あああっ！」

「ぐっ、俺も、もう出すぞ！」

絶頂のなかでもおまんこを犯され続け、ペルレが乱れまくる。

俺は込み上げる精液を感じながら、その蜜壺の変化を堪能していった。

「んはぁっ♥　あっあっ、んぁっ！　んぅぅっ♥」

俺もいよいよ限界を迎え、最後にぐっと腰を突き上げる。

「出すぞ、うっ……！」

びゅるるっ、びゅくっ、びゅるるるぅっ！

「ひあぁぁぁっ♥　あっ、んくぅぅぅぅっ！」

噴き出すような射精と同時に、ペルレはまたイったようだ。

「あっ、んはぁっ……♥　あふっ、んぅっ……♥」

連続イキと中出しに犯され、ペルレが恍惚の表情を浮べる。

俺はぎゅっと細い腰に抱きつき、そんな彼女のおまんこに精液をどくどくと注ぎ込んでいった。

「あぁ……♥　しゅごい……♥　あふっ、んっ……イってるおまんこに、せーえき、いっぱい出されてるぅっ……♥」

彼女は快楽の余韻に浸り、だらしない顔になっていた。その表情はとてもエロい。

俺はそんな蕩けた彼女を楽しみながら、しばらく抱きしめているのだった。

●

その後も授業と並行して、クエスト実習は続いていった。

俺たちのパーティーは成功を重ね、受けられるクエストも増えていく。

ヴィリロスたちも実戦経験を重ねてどんどんと慣れていき、力を発揮できるようになっていった。

そうなれば、一流の学園で鍛えられているということもあり、すでにそこら辺の冒険者よりも結果を出すことができてくる。

学園は多くの市民から、有力な冒険者を輩出する場所として期待されていることもあり、結果を出すパーティーはますます歓迎されていった。

俺たち以外にもそういった期待を受ける者たちは多く、やはりさすがといったところなのだろう。

そんなわけでクエストをこなしていく俺たちだが、そうやって実績を重ねていくと、難易度も上がっていく。

学生ということもあり、必ずしも際限なく上を目指していく必要はないのだが……。

ヴィリロスが特に張り切っており、ペルレも真面目なタイプなので、俺たちは躊躇《ためら》うことなくレベルを上げていった。

まあふたりは、卒業後に冒険者として活躍していくつもりなら、そのほうがいいしな。

そういう俺もなんだか、ちょっと楽しくなってきているし。

そんなわけで、今日はダンジョンの探索に来ている。今回の課題は、マッピングだ。

この世界には、ダンジョンは大小様々なものが日々生まれている。

その調査も冒険者の仕事だった。

突然、予測不能な強力なモンスターが出る、というようなことはまずない。

ダンジョンの位置などで大まかな危険度はわかるので、それに合った冒険者がその調査を請け負うのだ。俺たちは成果を上げているとはいえ、まだ歴も浅いし、学生だ。

ということで、このダンジョンはそこまで危険ではないと判断されているものだった。

それでも、まだ調査の済んでいない場所なのだから、警戒は必要だろう。

それこそ、どこに小さな抜け道があってモンスターが飛び出てくるかわからない、みたいなこともあるしな。

「こうしてマップを書きながらって、やっぱり難しいね」

「ああ。ひとり分、警戒できる範囲が少なくなるみたいなものだしな」

今はグルナがマップを描いている。

単純に綺麗に描けるのはペルレだろうし、周囲の罠に一番対処できるのがグルナなのだが、これは意図して決めた担当だ。あまりグルナに頼りすぎても、よくないしな。

彼女の能力でランクばかり上げてしまうと、後で困ることになる気がする。

だからグルナにマップを任せ、ヴィリロスが先頭になって先に進んでいくのだった。

そうして俺たちは、天然の洞窟型のダンジョンを進んでいく。

「思ったより深めですわね」

「そうだな……。モンスターとはあまり遭遇しないし、密度が低くて広いタイプのダンジョンみたいだな」

ダンジョンによって、その性質は様々だ。

今回の場合は、単純な広さのせいで探索が困難になるパターンのようだ。

このタイプのダンジョンは、移動だけでかなりの体力を持っていかれるのと、モンスターと遭遇する機会が少ないから気持ちが間延びしやすいことに注意がいる。

移動で疲れるだけなら、強敵と連戦になるタイプのダンジョンよりも簡単だと思いがちだが、問題なのは間延びするという部分だ。

これが結構厄介で、起伏がない状態で緊張を維持するのは、実は難しい。

そうなると集中が切れ、不意打ちを受けやすくなるのだ。

もちろん、なるべく気を付けはするが、そのあたりはどうにもできない部分でもある。

早い段階から、そんな懸念を抱いてはいたのだが……。

やはり、実際に長時間歩いているだけで、モンスターとの戦闘もほとんどなしとなると緩んできてしまうな。

「下り坂になってきましたわね。このまま次のフロアになるのでしょうか」

「そうかもな」

ダンジョンの場合、フロアで敵ががらっと変わることもある。

より強力なモンスターの縄張りという可能性を考えて、警戒するところなのだ。

ヴィリロスは下り坂の先を、警戒しながら歩を進める。

俺もそれに続いた。

「足下が暗く、きゃっ――――！」

そのとき、横側からトラップが発動した。

転移トラップだ。

「ヴィリロス！」

俺はとっさに彼女の腕をつかむ。

だが、トラップは止まらず、つかんだ俺ごとふたりを転移させるのだった。

「んっ……ここは……？」

一瞬強く光った後、ヴィリロスが警戒しながら周囲を探る。

「モンスターハウスではなかったみたいだな」

転移罠の中で悪質なのは、モンスターの巣に繋がっているものだ。

ここのような人工的ではないダンジョンは、即死罠の類《たぐ》いというのはあまりない。

モンスターが仕掛けた矢が飛んでくるようなこともあるが、それらは備えのある冒険者の場合、防御魔法などでも対処ができる。

今回の場合は、純粋に飛ばすだけの罠みたいだな。

即座に危険があるというわけではないが……結構広いダンジョンだ。

どこにいるかわからないとなると、脱出に手こずりそうではある。

「助けは期待できないし、こっちでも動いていくしかないな。ヴィリロス、大丈夫か？」

そう言って、彼女に手を伸ばす。

「はい……。その、手をつかんでくれて、ありがとうございましたわ。ひとりで飛ばされていたらと思うと……」

少し赤い顔でそう言う彼女。

「ああ。ふたりならなんとかなりそうだしな。無事でよかったよ」

そう言って、俺たちは歩き出した。グルナが一緒にいれば、ペルレに心配はないだろう。

ふたりだけで、再びダンジョンを進んでいく。

「見たことのない岩壁ですし、さっきの地点よりももっと奥に飛ばされたみたいですわね」

「ああ。どちら側かはわからないが、上へと行くのが良さそうだな」

下り坂を見かけたら一旦スルーすることにして、俺たちは入口のはずの上を目指して歩き出す。

一度罠にはまった直後ということもあり、今は緊張感もある。

これならそうそう、トラップを踏むこともないだろう。

俺たちはそのまま、ダンジョンをゆっくりと進んでいく。

これまでも授業でヴィリロスと組むことは多かったし、最近はクエスト実習でも共に行動することが増えていた。

けれど、ふたりきりというのは珍しいな。そんなことを考えながら歩いていく。

「ジェイドは、ダンジョンにも慣れてますの？」

隣で彼女が訪ねてくる。

「どうだろうな……。学園に来る前にもいくつか入ったことはあるが、このあたりでは経験ないし、慣れているとは言えないかな。実習のクエストしかないしな」

年中駆け回っていた、森のようにはいかない。

場所が離れているから、ダンジョンの性質などもだいぶ違うだろうしな。

「そうですの……それなのに、罠にかかったわたくしの手をつかんでくれたのですね」

「まあ、転移だとはすぐ気付いたしな」

俺が言うと、彼女はさっと顔をそらした。

実際のところ、飛ばされたのには驚いたものの、このダンジョンはそう危険でもない気がする。

ひとりだとやはり不安や不慣れで危険かもしれないが、ふたりならきっと問題はない。

そう思っていると……。

「でましたわね——えいっ！」

飛び出してきたモンスターを、ヴィリロスが難なく魔法で焼き払う。

危なげのない、安定した魔法だ。

モンスター退治にもすっかり慣れている彼女は、悠々と進んでいく。

やはり、これなら大丈夫そうだな。

そうしてしばらく進むと、グルナとペルレに無事に出会うことができた。

「ふたりとも、大丈夫だった!?」

俺たちを見つけたペルレが、心配そうに声をかけてくる。

「ああ。問題ない。そっちも平気そうだな」

「うん」

ペルレがうなずく。

「ジェイドのおかげで、無事でしたわ」

ヴィリロスがそう言うが、実際のところ、ワープトラップを踏んで以降、これといって俺が助けた場面というのもない。

「……いてくれるだけで、ぜんぜん違うのですわ」

首をかしげていた俺を見て、彼女は小さく言った。

少し赤くなっているその顔は、いつもの毅然とした感じとは違う、とても少女らしいものだった。

●

そんなクエスト実習を終え、一段落ついた夜。

今夜もグルナが俺の部屋を尋ねてきたのだった。

「今日はお疲れ」

「ああ」

そう言って入ってきたグルナは、俺の横に腰掛ける。

「まあ、ジェイドならあのくらいのダンジョン、平気だと思ったがな」

「とはいえ、初めての場所ではあったしな」

「ああ、確かに、ちょっと私も油断しすぎだったな……」

そんなふうに、軽く反省会を行う。

が、それもちょっとした時間のことだ。

「さて、それじゃ、疲れたジェイドをお姉ちゃんが労《いたわ》ってあげよう」

そう言って胸を張るグルナ。

お姉ちゃんぶりたい彼女はよくそうするのだが、その度に爆乳がぶるんっと揺れ、つい目を奪われてしまう。

学園に入ってからも、グルナの美貌とそのおっぱいは多くの男子生徒を惹きつけている。

本人はあまり俺以外に興味がないようで、モテる自覚がないみたいだが……。

「今日はどうしてほしい？　お姉ちゃんがいーっぱい癒やして、弟の性欲をしっかり解消してしまうぞ♪」

そう言って、前のめりに迫ってくる。

深い谷間と上乳がむにゅっとかたちを変えてアピールしてくる。

「ふむ、やはりおっぱいか？　ジェイドはおっぱいが好きだからな」

「うぐっ」

彼女は嬉しそうに言うと、そのまま俺を抱きしめてくる。

顔が胸に埋められ、柔らかく幸せな息苦しさを感じた。

「んむっ……」

そのままぐいぐいと押しつけられると、むにゅむにゅとおっぱいがかたちを変える。

俺はそんな彼女の胸に顔を埋めたままでいた。

「よしよし、なでなで……こうして撫でているのも、なかなかいいものだよな」

「(ああ……すごくいいよ)」

大きな胸に包まれて撫でられるのは、普通の意味で気持ちがいいし、癒やされる。

もちろん、俺も男だ。

おっぱいに顔を埋めていると、どうしてもそうじゃない欲望も滾《たぎ》ってきてしまうのだが。

「ふふっ……こっちも元気になってきたみたいだな」

グルナの手が俺の股間へと潜り込んでくる。

そして、反応し始めたペニスときゅっとつかんだ。

「うっ……」

「今日は胸を使うと決めたからな。ほら、ジェイド、楽な姿勢になって」

そう言った彼女が、俺を優しくベッドへと押し倒し、ズボンを下着ごと脱がせていく。

「まだ完全体じゃないおちんちんを、ん、私の胸に……」

そして自らも胸元をはだけさせる。

ぽよんっと揺れながら、爆乳が姿を現した。

そのもっちりとしたおっぱいを左右に開くと、たっぷりの乳肉で肉竿を挟み込む。

「えいっ♪　ふふっ、弟ちんぽが、お姉ちゃんのおっぱいに埋もれてしまったな」

そう言いながら、ぐにぐにと胸を押してくる。

「うっ……」

柔らかな圧迫感に包まれ、魅惑の谷間を目の前にしていると、やはり血が集まってしまう。

「わっ、んっ♥　私の胸の中で、おちんちんが膨らんできてるのがわかるな♪　ほら、むぎゅーっ
てすると、硬いのが♥」

「グルナ、うっ」

爆乳に挟まれ、圧迫され、肉棒が勃起してしまう。

「あんっ♥　そんなに硬く、大きくなって押し返してくるなんて……♥」

爆乳からにょきりとそそり立つペニス。

「おっきなおちんぽ、はみ出してきちゃった。ちゃんとお姉ちゃんのおっぱいで、えいっ♪」

「うぉっ……」

彼女はその圧倒的な乳房で、再び肉棒を飲み込んでしまう。

おっぱいに包まれた肉棒が、柔らかくむにゅむにゅと刺激されていった。

「んっ……おちんぽ、熱くなって……ふぅっ♥」

そのまま両側から胸を押しつけ、乳圧をかけてくる。

「ん、しょっ……むにゅー♥」

「う、あぁ……」

むにゅむにゅと胸を押しつけて、肉竿を圧迫していった。

「ふぅっ、ん、えいっ♪」

乳肉にむぎゅむぎゅと圧迫されるのは、とても気持ちがいい。

しかしそれは同時に、上下に擦って射精を促すような動きではないので、生殺しに近いものもあるかもしれない。ずっとこうしておっぱいに包まれていたい気持ちと、もっとストレートな快楽を欲してしまうという矛盾が生まれる。

「おちんぽ、おっぱいでむぎゅむぎゅされて、もっと気持ちよくなって、精液びゅーびゅーだして気持ちよくなりたいのかな？」

グルナは妖艶な笑みで、わざとらしく尋ねてくる。

そして俺の顔を見て、笑みを深くした。

「それじゃ、動く前に滑りをよくしておかないとね……んぁっ……」

乳圧を弱めて谷間を開くと、その中央で屹立している肉棒へと唾液を垂らしていった。

グルナの口から、ねっとりと唾液が垂れている姿もまたエロい。

そしてその淫らな液体が、そそり立つ肉棒を濡らしていく。

「あふっ……ん、あぇ……」

美女の唾液をまとって、肉竿がいやらしく光る。

「それじゃ改めて、むぎゅー♪」

そしてグルナが再びおっぱいを押しつけて、肉棒を挟み込んだ。

「ん、しょっ……」

そして今度こそは上下にしごき、大きく動かし始める。

「ん、ふぅっ……こうして濡らすと、おちんちんが胸のなかでぬるぬる動いて……ん、ふぅっ、えいっ♪」

「あぉ……」

大きなおっぱいが、ゆさゆさと揺れていく。その光景はやはり、とてもそそるものだった。

爆乳が揺れる光景は、それだけで興奮する。

「ん、しょっ……」

それが自分のチンポを包んでしごいているとなれば、なおのことだ。

「ん、ふぅっ……」

柔らかな乳肉が肉竿を擦り、どんどんと高めてくる。

「あふっ……熱くて硬いのが、んっ……私の胸を押し返して……ふふっ。もっとこうして、むぎゅー、ゆさゆさ♪」

「ああ……」

彼女がパイズリを続けていく。

「ふぅ、ん、しょっ……」

爆乳がむにゅむにゅゆさゆさと、加熱した肉棒を擦り上げていった。

その気持ちよさに、だんだんと精液が上ってくる。

「ふふっ、んっ……今日もお姉ちゃんのおっぱいで、いっぱい精液びゅーびゅーしような。えいっ、むぎゅっー♥」

「う、あぁ……」

「んっ、熱いおちんぽから、我慢汁が出てきて……もっとぬるぬるで動きやすくなったな。ほら、しこしこー♪」

グルナはペースを上げて、パイズリを続けていく。

爆乳の乳圧と擦り上げは、とても気持ちがいい。

「おっぱいから、んっ……にちゅにちゅいやらしい音がして……♥　あふっ、ほら、こんなに、ん、しょっ……ふぅっ……」

谷間から響く卑猥な音。

揺れるおっぱいが肉棒を刺激して、どんどんと射精感が増してきた。

「くっ……そろそろ、うっ……」

「いいよ……んっ♥　おっぱいでいっぱい射精して♥　ん、しょっ……ふぅっ、んっ……ゆさゆさ、むぎゅー♪」

「ぐっ、出るっ……」

俺はそのまま、パイズリの中で射精する。

「ひゃうっ！　あっ、すごい……♥」

おっぱいから噴水のように吹き上がる精液が、彼女の顔と胸を汚していく。

「あふっ……熱くてドロドロの精液が、んっ……♥　私にいっぱいかかってる……♥」

うっとりと言うと、飛んだ精液を舐めとった。

その舌の動きもエロく、俺はその姿をじっと眺めてしまう。

「ふふっ……たくさん出せてえらいな♥」

そう言って妖艶な笑みを浮かべる彼女。

「でも……まだ出したりないみたいだな。ほら、タマタマこんなに重くて、んっ……♥　この中に、まだまだザーメンをため込んでいるんだろう？」

「ああ、そうだな……」

「それなら……あんっ♥」

誘う彼女を、すぐに押し倒してしまう。

グルナは嬉しそうに押し倒されながら、俺を見上げた。

「ふふっ、出したばかりなのに、そんなにギラギラして……♥　んっ」

仰向けになった彼女の腿《もも》をつかみ、足を開かせる。

「あっ……♥」

「グルナも、もうこんなに濡らして……」

「ああ、んっ。ジェイドのおちんぽが欲しくて、こんなになってるんだ」

嬉しいことを言ってくれる彼女の膣口に、すぐに肉棒をあてがう。

「あふっ、硬いのが入り口を押し広げて、んっ……」

そしてそのまま、慣れ親しんだ秘穴に挿入した。

「あっ♥　んんっ……」

濡れた膣内は肉棒を包みこみ、刺激してくる。俺はゆったりと腰を動かしていった。

「ん、ふぅっ……」

蠕動する膣襞を擦り上げ、往復していく。

「あぁっ……♥　ん、あんっ」

熱くうねるその中を往復すれば、グルナから嬌声が漏れてくる。

彼女とひとつになると、俺はいつも安心する。全身を癒やすような幸福感が俺を包んでいた。

「あっ、んぅっ、ふぅっ、あぁ……弟ちんぽに、奥まで突かれて、んぁっ……あっ、んぅっ！」

グルナはそう言いながら、ぐっと腰を突き出すようにしてきた。

さらなる快楽を求めるそのおねだりに、俺の興奮もしていく。

「んはっ♥　あっ、んくぅっ！」

期待に応えるように、ピストンの速度を上げていった。

「あっ、ん、ふぅっ、ああっ……！」

「ぐうっ、相変わらず、すごい締めつけだな」

「あふっ、ん、あぁっ……気持ちよくて、勝手に、んぅっ……」

戦闘力の高いグルナは身体も鍛えられているためか、力を入れたときの膣圧が心地いい。

「あふっ、ん、ああっ……♥」

しっかりとチンポを根元まで咥えこんで、締めつけてくる。

「ああっ♥　ん、はぁっ、ふぅっ……おまんこ、ぞりぞり擦り上げられて、んぁっ♥　あっ、んはぁあっ！」

ぎっちりと締めつけていることもあり、彼女のほうも強く感じているようだ。

「あふっ、んぁ、あっ、ああっ……♥」

抽送の度に、グルナが嬌声を上げていく。

「んぅっ♥　あっあっ♥　ん、はぁっ！」

その声がだんだんと激しくなっていき、おまんこもますます締めつけてくる。

俺は負けじと突き込み、腰の速度を上げていった。

「んふぅっ♥　あっ、んはぁっ……！　あ、もう、ん、はぁっ……」

グルナは快楽に乱れ、とろけた顔になっていく。

そのエロい表情や、ピストンの度に揺れるおっぱい。

そして膣襞の締めつけを味わいながら、激しく抽送を繰り返す。

「んはあぁっ！　あっ、もう、んぁっ……ああっ！　イクッ！　んはぁ、あっ、んぅっ、ふぅ、んっ、ああっ！」

はしたない嬌声を上げて乱れる彼女に、俺も欲望のままピストンを繰り出した。

「んはぁっ！　あっ、もう、んぅっ、イクッ！　あっ、んはぁっ♥　イクッ、イクイクッ！　んはぁぁぁぁっ♥」

びくんと身体を跳ねさせながら、グルナが絶頂した。

膣道がぎゅっと締まり、肉竿を絞りあげる。

俺はその絶頂おまんこを、まだまだ容赦なく犯していく。

「あぁあっ♥　んぁ、あうっ、イってるおまんこ、んぁっ、ジェイドのおちんぽに突かれて、あっ、また、んぁ、イっちゃう♥」

蠕動する膣襞を擦り上げながら、精液が上ってくるのを感じる。

「んはぁっ♥　あっ、あああぁっ！」

俺は最後に向けて、その膣内を、ドスンドスンと突き回していった。

「んはっ、あっ、ああっ♥　だめっ、んぅっ！　あっ、ああっ……！」

「ぐっ、出すぞ！」

どびゅっ！　びゅく、びゅるるるるうっ！

そのまま我慢せず、グルナの膣内で果てる。

「んはぁぁあぁっ♥　あ、熱いの、私の奥に、んぅっ♥　ベチベチ当たって、あっ♥　イックウウウウウッ！」

熱い中出しを受けて、グルナも再び絶頂した。

膣襞がぎゅっと絡《から》みつき、俺から精液を搾り取っていく。

「んはぁっ、あ、あぁ……♥」

射精を受け止めながら、グルナは恍惚の表情を浮べていた。

おまんこにしっかりと精液を受け止めてもらい、俺も心地いい倦怠感を覚える。

「あふっ、ん、うぅ……んぁっ♥」

そして肉棒を引き抜くと、そのまま彼女の隣に倒れ込む。

「今日もちゃんと、いっぱい出せたな♥」

「ああ……ありがとう」

俺を撫でてくるグルナの手を感じながら、しばらくその気持ちよさに浸っていたのだった。

第四章　ハーレムな学園生活

ワープトラップみたいなハプニングもありつつ、クエスト実習を重ねるにつれて徐々に、俺はヴィリロスとも親しくなっていった。

特に、トラップ以降の彼女は、だいぶ柔らかな印象になった気がする。

最初の頃は何かにつけて勝負を挑んで、絡んできていたというのが信じられないくらいの穏やかさになっている。

もちろん俺としては、そのほうが助かるところだ。

それに……。

元から派手なタイプの美人で、家柄も成績も優秀。華やかで隙がなく、まばゆいがその分近寄りがたい、という印象の彼女だ。

そんなヴィリロスが素直な笑顔を見せたり、こちらを頼ってくるというのは、ギャップもあって破壊力がすごい。

そんなわけですっかり俺も彼女が気になっていた、そんなある夜。

そのヴィリロスが、俺の部屋を訪れたのだった。

「珍しいな」

部屋に招き入れながら言うと、彼女はうなずいた。

「そうですわね……。ジェイドの部屋って、こんなふうになっているのですわね」

彼女は室内を見渡しながら言う。

「ああ。特に面白みもないが」

元々、森の中で暮らしていた俺だ。

都会的なセンスも、ヴィリロスのような貴族としての教養もない。

部屋は割と殺風景というか、よく言えばシンプル、悪く言えば味気ないものだ。

家具にしてもすべて、学園側の用意したもののままだった。

貴族家の生徒ともなると、そのあたりは自分でいろいろとアップグレードしているみたいだし、庶民の生徒でも多少は趣味が内装には現れる。

「でも、ジェイドの気配がしますわ」

「そんなものかな……？」

自分では意識しないが、人の部屋というのはそういうものなのかもしれない。

俺はしばらく、彼女ととりとめのない話をした。

おそらく何か目的があってわざわざ部屋を訪れたのだと思うが、こちらとしてはそう急かすつもりもない。

そう思って世間話をしていると、やがて彼女がおずおずと切り出してきた。

「ジェイドは、その、わたくしのことをどう思っていますの？」

「どう、というと……」

俺は彼女を見つめて、考える。

「優秀で頑張り屋だよな。実技も座学もトップクラスだし」

俺が褒めると、ヴィリロスは少し赤くなった。

「そうですの。ふうん……」

まんざらでもなさそうな様子だ。

そんな彼女だったが、さらに突っ込んでくる。

「それはそれとして、その……異性としてはどう思っていますの？」

そう尋ねながら、彼女はアピールするようにその谷間を強調してきた。

箱入りお嬢様の大きなおっぱいが、ぽよんっと揺れる。

「魅力的だと思うが……」

思わず目が吸い寄せられるそのおっぱいから、なんとか視線をそらしつつ答える。

「そうなんですの!?」

彼女はぐっと身を乗り出してきた。

すると先ほどのアピール以上に、無防備な谷間が俺に襲いかかってくる。

「それはよかったですわ」

「よかったって……」

目の前でたゆんっと揺れる胸に気をとられながら言うと、彼女は赤い顔のまま続ける。

「わたくしも、ジェイドのことを男性として好きですわ」

そう言った彼女は、恥ずかしがりつつもまっすぐだ。

「わたくしは跡継ぎでないから、相手の家柄に縛られることもありませんし……」

そう言った彼女が俺のほうに迫り、軽く身体に触れてくる。

魅力的な彼女に迫られると、雄《オス》としての欲望がうずいてしまう。

「ね、ジェイド」

ヴィリロスがぐっと俺に身体を寄せる。

綺麗な顔がすぐ側に来て、魅惑的な身体を寄せられるとドキドキしてしまう。

「好き合う男女は、身体を寄せ合うものでしょう？」

そんなふうに誘ってくる彼女を、俺は溜まらず抱き寄せる。

「あんっ……♥」

ヴィリロスは嬉しそうな声を上げて、そのまま俺の腕の中に身を委ねる。

そして潤んだ瞳で俺を見つめる。

「んっ……」

そんなヴィリロスに唇を近づけ、そっとキスをした。

「んむっ……」

彼女は口を離すと、より赤味を増した顔で俺を見つめた。

抱き返してくる彼女の柔らかなおっぱいが押し当てられて、気持ちがいい。

「ジェイドの身体、やはりわたくしとは違いますわね。んっ……大きくて……ごつごつしていますわ……」

彼女は俺の背中をさするようにしてくる。

密着し、さらに押しつけられるおっぱい。

俺はその心地よさを感じながら、彼女の背中を撫でていく。

「んぅっ……男性の大きな手に撫でなられるの、なんだか気持ちいいですわ……♥」

「そうか。それなら……」

「あんっ……」

俺はそんなヴィリロスの身体を撫でていく。

すべすべの肌を楽しみながら、さりげなく服をはだけさせていった。

「ん、ジェイド……わたくしの服、あんっ……」

途中でそれに気づいた彼女だが、そのまま身を任せて脱がされてくれた。

「あうっ……なんだか、んっ、恥ずかしいですわ……」

「綺麗だよ」

そう言いながら服を脱がせていく。

「あぅっ……殿方の前で裸になるなんて……あっ♥」

彼女はそう呟いて、小さく身体を動かした。

普段は強気で華やかなヴィリロスの見せる恥じらいは、俺の欲望を刺激してくる。

「んっ……うぅっ……」

胸元をすっかりはだけさせると、ぶるんっと揺れながら、その大きなおっぱいが現れる。

ヴィリロスの華やかさ、美しさもあり、多くの男が目を奪われ、しかし手を伸ばすことのできないおっぱいだ。

そんなおっぱいが、俺の目の前で揺れている。

「あぅっ……そんなに見ないでください」

言いながら隠そうとする彼女の手をつかんだ。

細い腕はあっさりと俺に進行を遮られ、たわわな果実を隠せずにいる。

令嬢の白く柔らかなおっぱい。

俺はじっくりとそれを眺めた。

「あんっ……んっ……そんなに見られると、わたくしっ……」

恥ずかしそうにするヴィリロス。

豊かな双丘の頂点で、ちょこんとピンク色の乳首が揺れている。

「あぅっ……」

羞恥で目をそらすヴィリロスの、そのおっぱいへと触れていく。

「んっ……」

柔らかな乳房が俺の手を受け止めた。むにゅりと指が沈み込む。

俺はお嬢様の初々しいおっぱいを、丁寧に揉んでいった。

「あっ、んぅっ……わたくしの胸……ジェイドに触られて、あっ、んっ……♥」

彼女が色っぽい声を漏らす。その反応が、俺をより昂ぶらせていった。

「んっ、ふぅっ、あぁ……」

むにゅむにゅと、おっぱいを揉みほぐしていく。

「あふっ、んっ、あぁ……♥」

彼女は艶やかな吐息を漏らしながら、されるがままになっていた。

「ん、ふぅっ、あんっ……」

胸への愛撫で、ヴィリロスは感じてくれているようだ。

俺はそんな彼女の胸を、さらに堪能していった。

「んぁっ……あぁ……そんなに、胸ばかりっ……あふっ……」

「気持ちよくないか？」

意地悪に尋ねると、彼女は恥ずかしそうにしながら見つめてくる。

「気持ちいい、ですけど……恥ずかしいですわ……わたくし、こんな……んぁっ♥」

「乳首も反応してきてるな」

俺は乳房の頂点で、つんととがっていた乳首をいじった。

胸への愛撫で感じ、立ち上がったそれを愛撫していく。

「あんっ、あ、そこは、ダメですわ……んっ……♥」

くりくりと指先でいじると、ヴィリロスは敏感に反応してくれる。

俺はそんな乳首をさらにいじり回し、瑞々しい女体の魅力を楽しんでいく。

「あんっ、ん、んぁっ……そんなに、そこ、いじられると……わたくし、んっ……あっ、はぁ、あっ……♥」

敏感な乳首を責められて、ヴィリロスがかわいい声を出した。

俺はコリコリとした乳首を十分にいじると、手を下へと動かしていく。

「あっ、んっ……」

俺の手が腹部へ、そしてさらに下へと伸びていくと、彼女はきゅっと身体に力を入れた。

その緊張をほぐすように、彼女の身体を優しく撫でる。

「んっ。ふぅっ、あぁ……ジェイドの手に撫でられるの、ん、ふぅっ……♥」

ヴィリロスは震えるように、小さく身体を動かしていた。

俺はそんな彼女のスカートに手をかけ、さっと脱がせてしまう。

「あっ……」

彼女の清純な身体を守るものは、小さなショーツ一枚だけになってしまう。

「あぅっ……」

恥ずかしそうに足を閉じるヴィリロス。

露《あらわ》になってしまった下着は、これまでの愛撫ですでに湿っており、彼女の大切なところに張り付いていた。

しっかりと割れ目のかたちがわかってしまうためか、彼女は恥ずかしそうにしている。

俺はそんな彼女の下着へと手をかけた。

「あぁ……ジェイド、んっ……」

恥じらいつつも抵抗はしない彼女のショーツを脱がせてしまうと、ヴィリロスは産まれたままの姿になった。

きっとまだ誰も触れたことのない、令嬢の秘めやかな花園。

そこが蜜をこぼしながら、俺を誘っている。

「あうぅっ……♥」

彼女は恥ずかしがり、きゅっと足を閉じようとする。

その仕草もかわいらしかったが、俺は足を開かせると、その花びらへと手を伸ばした。

「あぁっ、んっ……」

割れ目をなで上げると、声をもらして強く反応する。

俺はそのまま迷わず、その陰裂をなぞり上げて愛撫していく。

「あぁ……ん、ふぅっ……♥」

色っぽい声を上げながら、ヴィリロスは秘部への刺激で感じていく。

「あぁっ、ん、ふぅっ……」

濡れたその花がちゅくちゅくと、いやらしい音を奏でていった。

「んぁっ♥　あっ、ジェイド、そこ、あぁっ……♥」

俺はくぱぁっと花びらを広げ、ピンク色をした無垢な内側を軽くいじってみる。

「あぁっ♥　ん、はぁっ、あうっ……」

卑猥な水音を立てるその花弁。興奮した俺は彼女への愛撫を続けていった。

「あふっ、ん、あぁっ……わたくし、これっ、あっ、んぁっ……♥」

だんだんと快楽に流されていく彼女。俺はその頂点でぷくりとたたずんでいる淫芽を、たっぷりの愛液にまみれた指で優しく刺激していく。

「ひゃうんっ♥　あっ、そこ、んぁっ……」

いちばん敏感なクリトリスに触れられて、ヴィリロスが未知の快感への嬌声を上げる。

俺は片手でまだ硬い膣内をほぐしながら、もう片方でクリトリスを責めていった。

「んはぁっ♥　あ、あっ、ダメですわっ、それっ、ん、くぅっ、ふぅんっ♥」

彼女はとても敏感に反応し、どんどんと高まっていった。

俺はそれに合わせ、さらに淫芽をいじり回して応える。

「あっあっ♥　だめですっ……んぁっ♥　あっ、ああっ！」

ちゅちゅくといじっていくと、ヴィリロスは普段の余裕からはうかがえないほどに妖しく乱れていった。

「んはぁ♥　あ、あっ、あぁっ……！」

ヴィリロスのこんな淫らな姿を知っているのは、俺だけだ。

その優越感が俺の心を満たし、欲望を膨らませていった。

「ひうっ、あっ、だめっ、イクッ！　んぁっ、ああっ……！」

「いいぞ、イっても」

「いやぁっ♥　そんな、あっ、わたくし、はしたない姿でぇっ♥　んぁっ、あっ、らめぇっ……！　んぁっ、はぁっ！」

彼女は快楽に身もだえていく。処女のそんな姿はすごくそそる。

「あぁっ、もう、らめっ♥　んぁっ、あっ、あああっ！　おまんこ、いじられて、イクッ、んぁ、んくうぅぅぅっ！」

びくんと身体を跳ねさせて、ヴィリロスがイったようだ。

「あふっ、ん、あぁっ……♥」

おまんこもたっぷりと濡れ、ひくひくと雄《オス》を求めているようだった。

高貴なお嬢様である彼女が、はしたなくエロい姿を晒《さら》している。

俺はその光景を、しっかりと目に焼き付けるのだった。

「ジェイド……」

彼女は少し落ちついたのか身を起こすと、俺を押し倒してきた。

せっかくなので、そのままそれに従う。

「わたくしの、その、あんな恥ずかしい姿を見て……今度はわたくしの番ですわ！　ジェイドのえっちなところも、見せてもらいますっ！」

そう言った彼女は、俺の服を脱がせていく。

「以外と、筋肉がついてますのね……」

上半身を脱がせた彼女が、腹筋のあたりをなぞるようにしながら言う。

「まあ、それなりに身体は動かしてるしな」

「殿方の身体、という感じがしますわね……」

そう言いながら、ヴィリロスのしなやかな手が俺の身体を撫で続けた。

「あぁ……んんっ。それでは、こちらも……」

彼女はそう言って、今度は下半身を脱がせてくる。

「パンツの上からでも、ふくらんでるのがわかりますわ……これはその、興奮して、勃起しているんですわよね？」

「ああ。ヴィリロスのエロい姿を見ていたからな」

「もうっ」

彼女は恥ずかしそうにしながら、下着にも手をかけ、脱がせてきた。

「ひゃうっ♥」

下着から解放された肉竿が跳ね上がる。それを見て、彼女は小さく悲鳴を上げた。

「あぅっ……♥　これが、殿方の……ジェイドのおちんちんなのですわね……すごく大きくて、反り返って……♥」

彼女は驚いたように肉棒を眺めながら息をのんだ。

「それに、んっ……すごく熱いですわね……これがわたくしの中に……」

彼女の手が肉棒をつかみ、軽くにぎにぎといじってくる。

不慣れで探り探りといった感じも、またいい。

「もうこんなにガチガチで……これをわたくしに、挿れたい……のですわよね？」

チンポを握りながらそう尋ねてくるヴィリロスは、とても大人びて妖艶だった。

「ああ、そうだな」

俺がうなずくと、彼女は息をのんだ。

「これを、わたくしの中に、んっ……」

ヴィリロスはそのまま、俺にまたがってきた。

「ふふっ、それでは、んっ……♥　わたくしのここに愛するジェイドのおちんぽを挿れて、女として気持ちよくして差し上げますわ……♥」

俺の上で股を開き、そう呟くヴィリロス。

お嬢様の大胆な格好は、俺をとても興奮させていった。

彼女は肉棒を握りながら腰を落とし、自らの膣口へと先端を導いていく。

「あっ♥　これが、んっ……セックスする……ということなのですわね」

くちゅり、とペニスの先が彼女の入り口に触れる。

ヴィリロスはゆっくりと腰を下ろしていった。

「んぁっ♥　あぁ……わたくしのアソコを、んっ、ジェイドのおちんぽが押し広げてきて、んっ……あぁっ……」

彼女が腰を下ろしていくと、肉棒がわずかな抵抗を受ける。

「あぁ……♥」

そこで声を漏らしたヴィリロスが、こちらを見下ろした。

「いきますわよ……」

「……ああ」

「んはぁっ♥」

彼女は腰を下ろし、肉棒を膣内に納めていく。

処女膜を破って侵入した肉棒が、膣襞に温かく迎え入れられた。

「んはぁっ♥　あっ、んぅっ……ふぅ……」

彼女は俺の上にまたがったまま、じっと動きを止める。

「あふっ……わたくしの中に、んぁっ……ジェイドのおちんぽが、あっ、あぁっ……♥　熱くて硬いのが、んぅっ……」

俺は彼女が落ち着くまで、じっとその姿を眺めた。

ヴィリロスは俺の上にまたがり、初めてとなる肉竿を受け入れいている。

その姿はかなり扇情的だ。

それに、華やかなお嬢様であるヴィリロスと騎乗位は合っている。

そんなことを考えつつ、彼女を待ったのだった。

「あふっ、ん、あぁ……♥　そろそろ、動きますわよ」

「ああ」

落ちついた彼女が声をかけてきて、腰を動かし始める。

「あっ……♥　ん、ふぅっ、あぁぁっ……」

初々しい膣襞が、肉棒を咥え込みながら蠢く。

「あぁっ……ん、ふぅっ、んぁっ……♥」

ヴィリロスは艶めかしい声を上げながら、こちらを見た。

俺も下から、そんな彼女を見つめ返す。

「んはぁっ♥　あ、あぁ……すごいですわ、これっ……」

ヴィリロスは感覚を確かめるようにしつつ、俺の上で腰を振っていく。

「んふぅっ♥　あ、ああっ……んぁっ！」

豪奢な美女が俺の上で乱れる姿は、とてもエロい。

「んぁ、あっ♥　ん、くぅっ……」

彼女が腰を動かす度に、おっぱいも柔らかそうに揺れる。

ぬぽりと肉棒を咥えこんだ蜜壺が、その襞でこちらを誘惑していた。

「あふっ♥　ん、あっ、あぅっ……」

ヴィリロスの声色はますます色を帯び、発情しているのがわかる。

俺の上でエロく腰を振るお嬢様。その艶姿に、肉棒も滾っていくのだった。

「あぁっ♥　ん、はぁっ、あっ、あぁっ……♥」

「始めてで、もう感じてるのか。いい傾向だな」

つい先ほどまで処女だったヴィリロスが、俺の上で乱れていく。

「だって、んぁっ♥　ああっ……！　ジェイドのおちんぽが、あふっ、わたくしの中、いっぱい、んあっ、あぁぁ……」

蠢動する膣襞をかき分けて、肉棒が往復していく。

彼女の腰使いと締めつけに、俺も限界を迎えつつあった。

「あふっ、んぁ、ああっ……♥　いままでより、もっとすごいのが、んぁっ！　きちゃいますわっ……♥　ジェイドのおちんぽで、あぁっ！」

「ぐ、う……俺のほうも、そろそろだな」

「あぁっ♥　そうなんですの？　あっ、ん、わたくしのおまんこで、気持ちよくなって、あっ、んあっ……♥」

彼女は嬌声を上げながら、腰の速度を速めていく。

「あっあっ♥　子種汁っ……わたくしの中に、んぁっ、ああっ……！　いっぱい、出してくださいっ♥　ん、ああっ！　セックス……もっと教えてくださいませ♥」

「う、くうっ……」

髪もおっぱいも揺らしながらの腰使いと、きゅうきゅうと締めつけてくる膣襞。

「んはぁっ♥　あっあっ♥　もう、あっ、イクッ！　わたくし、んぁ、ああっ……だめぇっ、すごいの、んくぅっ♥」

「う、ヴィリロス……」

激しく腰を振りながら、ヴィリロスが上り詰めていく。

「あぁっ♥　あんあんっ♥　あふっ、んぁ、おちんぽ、奥まで、ああっ♥　イクッ、イクイクッ、イックウウゥウゥウゥッ！」

「う、出るぞっ……！」

びゅくんっ、びゅるるるっ！

彼女の絶頂に合わせて、俺も射精した。

「んはぁぁっ♥　あっ、ああっ……♥　あついの、あふっ、わたくしのおまんこに、いっぱい注がれて……♥」

絶頂おまんこに中出しを受けて、ヴィリロスが声を上げていく。

膣襞は肉棒を締めつけ、初めて味わう男の精液を絞りとっていった。

「あっ♥　ん、あぁ……♥」

快感に蕩けた様子の彼女が、脱力してこちらへと倒れ込んできた。

俺は、そんな彼女を受け止める。

「あんっ……♥」

きゅぽん、と肉棒が抜け、ヴィリロスがそのままこちらに身体を預ける。

「ジェイド……あふっ……すごかったですわ……♥」

彼女はうっとりと言って、甘えるようにしてきた。

俺はそんな彼女を抱きしめ、優しく撫でているのだった。

●

ヴィリロスも素直に俺に好意を向けてくれるようになり、ペルレやグルナはこれまで通りということで、すっかりハーレム状態になっていた。

それは夜だけではなく、学園の中でも変わらない。

俺は彼女たちに囲まれて、常にいっしょに行動するのだった。

「ジェイドか……」

「相変わらずうらやましいやつだな」

俺が通り過ぎると、男子生徒たちの声が聞こえる。

美女に囲まれていることへの妬みはこうして聞こえてくるものの、もう以前のように、劣等紋だからと侮られることは減っていた。

授業を通して実力を示せたというのもあるだろうし、優秀さで名高いヴィリロスが俺を認めているから、というのも大きい気がする。

そんなふうにして俺は思わず、ずいぶんと穏やかな学園生活を送れていたのだった。

授業も問題なくこなし、学園生活は順調そのものだ。

まあ、そこまで積極的に他人と交流しているかというとそうでもない。

目的は人間社会を知ることだしな。

そこで広い人脈を作って成功する、というのはまたもう一つ上の話だ。学園を無事卒業すること
さえできれば、ある程度は学び終え、社会になじめているといえるだろう。

そんなこんなで、楽しい日々は続いていた。

貴族であるヴィリロスとは、授業が重ならないことも多い。

そんな中でも、ペルレとは同じ授業が多かった。

今日もそんな同じ授業があるから、ヴィリロスやグルナとは別れて目的の教室へと移動する。

「ジェイドくんがいると、わからないところを聞けるのがいいよね」

そう言いながら、ペルレは微笑む。

いつもの明るい笑顔に癒やされつつ隣り合って座り、授業を受けるのだった。

ほかの予定はなかったので、授業後はふたりとも時間が空く。

学園内にあるカフェを覗いてみたが、けっこう混んでいた。

そんな訳で俺たちは、校舎の端《はし》にある空き教室へと向かう。

そこでふたりだけでゆっくり、時間を潰そうと思ったのだった。

「でもなんだか、教室にふたりっきりっていうの、不思議な感じだね」

「ああ。この教室に来る人なんて、そうそういないしな」

普段は人が多い教室にしかいないので、同じ間取りでも、がらんとしているのは変な感じだ。

「ここって、授業でも使ったことないよね」

「そうだな。昔は使っていたのかもな」

まったくの無駄ではないのだろうが、もしかすると建物の構造上、余るのがわかっていても予備として作られた教室なのかもしれない。

ともあれ、俺たちはそのまま空き教室で話をしていた。

ふたりだけだということもあって、ペルレは軽くこちらに身体を寄せたり、手を触ってきたりといちゃつき始める。

俺としても彼女にべたべたされるのは心地いいので、それに応える。

そうしている内に、俺の隣の席にいたペルレは、机をくっつけてきた。

「こうやって教室で並んで座ってると、授業受けてるときみたいだね。なのに、今はふたりっきりで……不思議な感じ」

そう言いながら、机の下で手を握ってくる。

確かに、授業中に近い状態で、けれどふたりきりで……こうしていちゃついているのは、こそばゆいような、ちょっとドキドキするような感じがする。

「ふふっ……こんなふうに机の下で、ばれないように……とか」

「うおっ……」

ペルレはその手を俺の太ももに這わせ、さらに付け根のほうへと向かってくる。

そしてズボン越しの股間を撫でてきた。

「さすさす……なんか、ん、ドキドキするね……♥」

エロいスイッチが入ったのか、妖しい笑みでペルレが言った。

美少女にそんな顔をされながら股間をいじられると、俺も盛り上がってしまう。

「あっ、んっ……♥」

お返しに、俺も彼女の太ももを撫でていく。

ズボンの俺とは違い、彼女は生足だ。

すべすべとした手触りを楽しみながら、スカートの裾を軽く持ち上げるようにする。

「んっ……」

そしてそのまま、手をスカートの中へと忍び込ませた。

「も、もう……わたしだって、んっ……」

それに対抗してか、彼女は俺のズボンをくつろげると下着へと手を差し入れる。

その間にも俺はスカートの中へと手を伸ばし、彼女の下着に触れていった。

「んんっ……」

下着越しに割れ目を撫でていくと、ペルレが恥ずかしそうに反応する。

彼女も俺の肉棒を取り出すと、そのまま直に触ってきた。

「ん、ジェイドのおちんちん、もう大きくなり始めてる♪」

そう言いながら、肉竿をいじっていく。その手つき自体は、横に座っている位置どりのせいもあって、いつもに比べれば拙《つたな》い。

けれど教室というこの場所と、授業中の秘め事のような状況が俺の興奮を煽っていった。

「あふっ、ん、あぁ……♥」

それは彼女のほうも同じようで、割れ目を撫でているだけなのに濡れ始めている。

「あふっ……ん、教室でこんな、んっ……」

「ああ……ほら、ペルレも濡れてるぞ……」

「あんっ♥　ん、ふぅっ……ジェイドくんだって、んっ……おちんちん、もうこんなに大きくして……あふっ、あぁ……」

彼女は肉竿をしごきながら続ける。

「教室で勃起したおちんちん出して、あっ、んっ♥　こんなの、あふっ、だめ……なのに。すごいよぉ……♥　あっ、んぁっ！」

「普段なら絶対できないな」

「う、うんっ……見つかっちゃうもんね。それにこんな、んっ……」

彼女はすっかりと色っぽい表情になり、おまんこをくちゅくちゅといじられている。

「ほら、静かだし、音が聞こえるだろ？」

「あっ、だめぇっ……♥　教室で、えっちな音出ちゃってる……♥　こんなの、んっ、みんなに気づかれちゃうっ……」

「そうだな。全員には聞こえないだろうが……近くの生徒には絶対、ペルレのおまんこから出るえっちな音、聞こえちゃうかもな」

「あぁっ……んっ♥」

そう言ってやると、彼女は恥ずかしそうにしながらも感じていた。

教室で愛撫し合い、ばれるかもしれないという想像が興奮をかき立てているのだろう。

「んぁっ♥　あ、あぁ……。ジェイドくんだって、んっ、ガチガチのおちんぽ出して、こんなに男の人の匂いをさせて……他の子に……ばれちゃうんだから……」

「ふたりで触り合ってるなんて……騒ぎになりそうだな」

「当たり前だよぉ……♥　こんなの、あっ、んっ……」

ペルレは可愛い声を上げて反応していく。

俺は割れ目を指で広げ、指先をつぷりと差し込んだ。

「んはぁっ♥」

そしてそのおまんこから、蜜をかき出すように指を動かしていく。

とろとろの愛液がどんどんとこぼれ、俺の指と椅子を濡らしていった。

「こんなにも、えっちなお汁をこぼして……」

「だってぇ……♥　あ、んっ……」

くちゅくちゅと、わざと音を立てながら、おまんこをいじっていく。

「あふっ、ん、あぁ……もう、んぅっ……。教室で、んぁっ、いじりっこするの、あっ、んっ……すごいよぉ……♥」

蕩けた表情でそう言うペルレ。

「音が聞こえなくても、そのすっごくエロい顔で注目されそうだな」

「あぅっ、だって、こんなの、んぅっ……」

彼女は席に座ったまま、完全に発情顔になっている。

それに合わせて、肉竿をしごく手も勢いが増してきた。

「あんっ、んっ、教室で、おまんこいじられて、あっ♥　ガチガチのおちんちんをしこしこして、あっ、んぅっ……♥　こんなの……エッチすぎるよぉ♥」

ペルレはかわいらしい声を上げながら、さらに身もだえていく。

「あぁっ……だめぇっ、ん、ふぅっ……」

おまんこをぐりぐりかき回していると、ペルレが耐えきれない、というようにこちらを見た。

「ジェイドくん、あっ、ん、これ、あぁっ！　ガチガチになってるおちんちん、挿れてぇっ……♥　わたし、もう、ああっ……」

「そうだな……」

そんなエロい姿を見せられては、俺だって我慢できない。

「それじゃ、立って」

「うんっ……♥」

俺たちは、一度互いの性器から手を離すと立ち上がる。

「あうぅっ……」

席を立つと、互いにそのはしたない姿が露《あらわ》になり、教室でこんな状態なのだという羞恥心が湧き上がる。けれどそれはもう、興奮材料でしかなかった。

「それじゃ、机に手をついて、お尻を突き出して」

「うんっ、んんっ……♥」

彼女は言われたとおり、机に手をつくとお尻をこちらへと向ける。

短いスカートがまくれ上がり、その下で発情しきったおまんこの位置がはっきり見えてしまう。

俺はショーツのクロッチ部をずらし、現れた濡れた蜜壺へとバックから挿入していった。

「あん、あぁぁぁっ♥」

ぬぷり、と肉棒がおまんこへと入っていく。熱い膣襞が肉棒を包みこみ、締めつけてくる。

「あふっ、ん、ああっ……」

教室で女生徒を犯す。何度か夢想したことがないわけではない、そんな最高のシチュエーション。

俺はゆっくりと高揚感を味わいながら、腰を動かし始めた。

「あっ♥ ん、はぁっ……!」

ペルレはかわいい声を出しながら、肉竿を受け入れている。

「あんっ♥ ふぅ、んぁっ……!」

教室の机によりかかり、大胆に喘いでいるペルレ。

その姿には、本当にそそられる。

俺は高まる興奮を乗せて、パンパンと響くほど腰を激しく振っていった。

「あんっ♥ あ、んはぁっ……! 教室でこんなこと、んぁっ、あっ、わたし、んくぅっ! あ、あっ……♥」

ペルレもいつもより興奮しているのか、艶やかな声を上げている。

そんなペルレをもっと発情させるように、俺は言ってみた。

「いくら空き教室とはいえ、あまり声を上げすぎると誰かに聞かれるかもしれないぞ？」

「えっ？　そんなこと、んぁっ♥」

「普通はここに人なんて来ないんだろうが……廊下でペルレのえっちな声が聞こえたら、興味が出て入ってくるかもな」

「そんな、あっ、んぅっ♥　あ、あああっ！」

その想像は彼女を興奮させたようで、おまんこがきゅっと締まった。

「あっ、あぁぁっ！　すごいのぉ♥　こんな姿、あっ、誰かになんて、んぅっ、だめぇっ……！　あっ、んはぁあっ！」

興奮に合わせて、声が大きくなる。

耳に心地いい嬌声を楽しみながら、ますます腰を振っていく。追い詰めるほどに、ペルレの興奮も増しているようだ。

「んはぁっ、あ、あぁっ……♥　でも、んぁ、本当に聞こえちゃうっ、ん、あぁっ……だめっ、ん、んむっ……♥」

万が一にも聞かれるのは恥ずかしいらしく、自らの手で口を塞いでいた。

「んむっ……ん、んんっ！」

それでも漏れる、くぐもった声。それもまた、普段とは違うエロさを演出する。

俺はそんな彼女の抵抗にそそられるまま、腰を遠慮なく振った。

「んむっ！　ん、んんっ！　ん、んぁ、んんっ♥」

彼女は口を塞いだまま、潤んだ瞳で俺を見つめる。

その表情は、俺の背徳感と嗜虐心を同時に刺激してきた。

「あぁ……ペルレ……」

そんな顔を見せられて、おとなしくなんてできるはずがない。

俺のピストンはさらに速度を増していく。

「んむっ！　ん、んんっ！　ん、んむぅっ……♥」

小さな手の中でこもる声も、非日常でとてもいい。

だが、そうして隠そうとされると、暴いてみたくなるのも男心だ。

俺は腰をつかんでいた手を、彼女の胸へと動かす。

そして背中から覆い被さるようにしながら、腕を前側に回して巨乳を揉んでいった。

「んむ、ん、んんっ！　んっ♥　ん、んんっ」

密着し、むにゅむにゅとおっぱいを揉みながら、もちろん腰も振っていく。

膣襞に擦り上げられる肉棒と、手にしたおっぱいの柔らかさ。

「んう、ん、んんっ♥　あぁっ、だめぇっ、んはぁっ！」

さらに刺激していくと、快楽に耐えきれなくなったペルレが上半身を崩すようにして、机に肘をついた。

それによって、口を覆う手が外れてしまう。

俺はそれにも構わず、おっぱいへの愛撫とピストンを続けていった。

「んはっ♥　あ、あああっ！　だめぇっ、そんなに、んぁっ♥　おっぱいもおまんこも、んぁっ♥　あっ、ああっ！」

彼女は大きく嬌声を上げていく。もう自分では止められないようだ。

そんな乱れた彼女を見て、俺も欲望を抑えられなくなる。

「んはっ♥　あ、ああっ！　気持ちよすぎて、んぅっ、おかしくなっちゃうっ♥　んぁ、あぁぁっ！　んくぅっ！」

響く嬌声と、腰を打ちつける肉の音。どちらも教室にはふさわしくないが、だからこそ興奮する。

俺はそのまま、ラストスパートへと向かった。

「んはぁ、ああっ！　やっ、らめっ、ん、くぅ……もう、あぁっ……イク、イっちゃう！　教室で、あ、あぁっ♥」

「そうだな。教室でそんなに乱れて、エロい声を出して……」

「いやぁっ♥　だって、んぁ、ああっ、こんなの、我慢できないぃっ♥　あっあっ♥　んはぁ、んぅっ、ああっ！」

高まっていく彼女のおまんこをかき回し、奥をがんがん突いていく。

「あ、あぁっ！　ん、くぅっ♥　あっあっ♥　イクッ、んはぁっ、あぁっ、イクイクッ！　イックウウウウウッ！」

「う、出る……！」

びゅるるうっ、びゅく、びゅくんっ！

彼女が絶頂したのとほぼ同時に、俺も膣内で射精した。

「んはぁぁあっ！」

ペルレが身体を跳ねさせながら、絶頂に腰を震わせる。

「あ、あぁっ……♥　出てる、熱いのが、わたしのおまんこに、いっぱい……♥　あ、んはぁっ、ふぅっ……」

俺はそのまま膣奥で、しっかりと精液を吐き出していく。

「教室で、んぁ……えっちして、あふ……♥　中出しまで、あぅっ……ん、はぁっ……あぁっ……すごいよぉ……♥」

彼女はそのまま、机にもたれかかるようにした。

俺はそんなペルレの身体を支えながら、肉棒をゆっくりと引き抜いていく。

「あぅっ……♥」

快楽の余韻で、抜くだけでも声をもらすペルレ。

「もう、立てないよ……」

そうつぶやく彼女は、とても気持ちよさそうだった。

教室にも、すっかりと行為の後が残ってしまったな。

「ここでするの、すごかったな」

「すごすぎて……おかしくなっちゃうよ……」

そんな中で、俺たちはしばらく脱力していたのだった。

●

ハーレムな学園生活はさらに続いていく。

一日の授業を終え、食事も終えて部屋でのんびりとしていると、俺の元には彼女たちが交代で……

そして時には複数で訪れてくるのだった。

今日は、グルナとヴィリロスが一緒のようだ。

「わたくしたちを、たくさん気持ちよくしてくださいね♪」

「しっかりと出し切って、ジェイドもすっきりするんだぞ」

彼女たちはそう言いながら、ベッドで俺に迫ってくる。

美女ふたりに迫られた男がすることなんて、一つに決まっている。

俺はさっそく彼女たちふたりをまとめて抱きしめ、ベッドへと倒れ込む。

「あんっ♥」

ヴィリロスが声を上げながら、抱きつき返して身体をまさぐってきた。

グルナもそれに合わせて俺に触れてくる。

ふたりの身体、特に大きく柔らかなおっぱいが俺に押しつけられて、気持ちがいい。

「ん、しょっ……」

「ふふっ、むぎゅー」

彼女たちにむぎゅぎゅと抱きつかれ、身体をまさぐられていく。

俺のほうも、その魅力的な身体に手を伸ばし、楽しんでいった。

「んぁっ♥　もう、そんなところを触っては、あんっ♥」

「ほら、ジェイド、さすさす……」

しばらくそうやって、互いの身体を触り合ってスキンシップを楽しむ。

当然、そうしていくと欲望も高まっていき、だんだんと触れる場所も、さわり方も性的な色が強くなっていった。

「ん、ふぅっ……」

「あぁ……ジェイド、んっ……」

服をはだけさせたふたりが、胸を押しつけ、足をからめてくる。

「あんっ♥」

「ん、あふっ……」

むにゅっと胸を当てながら、足を器用に動かす。

俺の足が彼女たちの足の間を擦り、反対に柔らかな腿《もも》が俺の股間を擦ってきたりしていた。

「あふっ、ん、あぁ……ね、ジェイド……」

「どうした？」

ヴィリロスがうっとりとこちらを見ながら、俺の手を取った。

「わたくしのここ、ん、もう、こんなになってしまいましたわ……」

そして自らの秘部へと導いてくる。

「んっ♥」

手をスカートの中に忍び込ませ、下着越しに割れ目へと触れてみる。

染み出してきた愛液が、くちゅりといやらしい音を立てた。

「あふっ♥　ん、あぁ……」

俺はそのまま、ヴィリロスの割れ目を撫で上げていった。

「ん、あっ、ふぅっ……」

下着をずらして直接触れていくと、彼女はさらに敏感に反応した。

「ジェイドも、大きくなってるな」

そう言って、グルナがズボンの中へと手を忍ばせてきた。

「ほら、パンツの中で、こんなに苦しそうにしてる」

グルナの手が、下着の中で肉棒をつかむ。

「せまい中で、しこしこーって」

そしてそのまま、楽しげに肉竿をしごいてくる。

「うっ……」

狭い隙間でぎこちなく動くその手は、普段とは違う刺激を与えてくる。

「あふっ、ん、あぁっ……♥」

「しこしこ……ぎゅっ♪」

俺に愛撫されて喘ぐヴィリロスと、肉竿をしごいてくるグルナ。

俺はそんなエロエロな彼女たちに挟まれていた。

「ん、ふぅっ、あぁ……♥　ね、ジェイド……」

くちゅくちゅとおまんこをいじられ、もうすっかりと蕩けているヴィリロスがこちらに目を向ける。そんなにもねだるような目をされると、雄《オス》の本能がうずいてしまう。

「ふふっ、ヴィリロスはもう、おちんぽ挿れたそうだな♥」

グルナはそう言うと、俺の下着を脱がして肉棒を解放する。

「こんなに反り返らせて……えいっ」

「うぉっ……」

彼女は尖端を撫でるように擦ってきた。

そのいきなりの刺激に、思わず腰が動いてしまう。

「ジェイド、んっ……」

そうしている内に、ヴィリロスは俺の頭の上へとまたがってきた。

しっとりと濡れ、いやらしい蜜を溢れさせている美女のおまんこ。

俺はそんな彼女を抱き寄せて、密やかな割れ目へと口をつける。

「んはぁっ♥」

舌先で割れ目をなぞり上げると、ヴィリロスは艶めかしい声を漏らした。

「あぁっ……♥　ん、もっと、んぅっ……」

そしてそのまま俺の顔に乗ってしまうようにして、おまんこを押しつけてくる。

むわりと広がるメスのフェロモン。

「ん、ふぅっ……♥」

そのまま舌を這わせ、彼女の秘部を舐めていく。

「んはぁっ、あっ、ん、くぅっ……」

「それじゃ、私はこっちを……おまんこで気持ちよくしていくな」

そう言ったグルナが、肉竿をつかんだ。

俺の視界はヴィリロスのおまんこで塞がっていて見えないが、おそらく宣言通り、膣口へと導いていくのだろう。

「んっ♥　あぁ……♥」

程なくして、熱くぬめった襞が肉棒を咥えこんできた。

「ジェイドのおちんぽが、んっ♥　私のアソコを広げて、入ってくるぅっ……」

そのまま、騎乗位でグルナと繋がっていく。

「あふっ、ん、はぁっ……」

「あんっ、あっ♥　ん、くぅっ……」

口とチンポをおまんこに塞がれ、香しいフェロモンと、膣襞の刺激に気持ちよくなっていった。

「あふっ、ん、ふぅ、あぁ……♥」

グルナが腰を振り、肉棒を刺激していく。

俺はヴィリロスのおまんこに舌を侵入させ、その襞を擦り上げていく。

「んはぁっ、あ、ダメ、ジェイド、んぁっ♥　そんなところ、んぁ、あああっ！」

俺の上にまたがったヴィリロスが、嬌声を上げて身もだえた。

「あっ、ん、そんなにぺろぺろしたら、んぁっ♥」

言葉とは裏腹に、彼女はさらなる刺激を求めるかのように、そのおまんこをぎゅっと俺の顔に押しつけてくる。

「んむっ……♥」

濡れたおまんこを擦りつけられ、俺はその期待に応えるように愛撫を行う。

「んはっ♥　あっ、んぁっ……」

「ふふっ……♪　おちんぽもぴくぴく反応して、あっ♥　私の中で、大きくなってるぞ……ん、はあっ、ふぅっ……♥」

腰を動かしながら、グルナが言う。

「んはぁ、あっ、そこっ……そんなにぺろぺろされたわ、わたくし、もうっ、んぁっ、あっ、んくぅっ……！」

ヴィリロスが俺の上で身もだえ、感じていく。

「こっちも、んっ……♥　おちんぽがこすれて、あふっ！」

グルナも腰を振りながら、どんどんと高まっているようだった。

俺自身も、膣襞に擦られて射精欲が増してくる。

「あんっ、ん、ふぅっ……んはぁっ、んぅっ♥」

ヴィリロスはおまんこを押しつけるようにしながら、自らも腰を動かしてきた。

お嬢様が俺の顔を使ってオナニーをしている。

そのシチュエーションが俺を興奮させたので、お返しにもっと彼女を乱れさせようと、クリトリスを刺激していった。

「んひぃっ♥　あっ、そこ、クリ……敏感だから、あんっ、だめですわぁっ♥　んぁ、あっ、ああっ！」

小さな淫芽を刺激され、ヴィリロスが悶える声が響く。

「ふたりとも、すごくえっちだな……♥　んっ、はあっ、あっ、んぅっ！」

「んむっ……！」

グルナがこれまで以上に腰を激しく動かしてくる。

肉棒がぐいぐいと、膣襞にしごき上げられていく。

「あっあっ♥　ん、ふぅっ……♥　ジェイドの立派なおちんぽにおまんこズブズブ擦られて、んぁっ、私も、あっ、あああっ♥」

「あぁっ♥　わたくし、あっ、もう、んはぁっ♥　あっ、だめっ、おまんこ、ぺろぺろされて、んあっ、イクッ、いくぅっ……♥」

ふたりの美女が俺の上で乱れていく。

そのことに満足感を覚えながら、俺自身も限界が近づいてくるのを感じた。

「あぁっ……♥　ん、ふぅっ……わたくし、もう、あっ、んぁっ……」

「あふっ、くぅ、俺も出そうだ……」

「せっかくだし、タイミングを合わせて、な……♥　ほら、イクぞ、あっあっ♥　おちんぽ、先っぽが膨らんで……」

「だめぇっ♥　あ、もう、イク、イってしまいますわ、おふたりとも、んぁ、あぁっ！」

快楽に乱れるふたりを感じながら、精液がせり上がってくる。

俺はラストスパートで、舌を動かしながら腰を突き上げていった。

「んはぁぁぁっ！　あっ、ああっ♥　わたくしの、んおぉ♥　クリっ、そんなにれろれろされてぇっ♥　あっ、イクッ！」

「あうぅっ♥　おちんぽが、子宮口ズンズン突いてくるぅっ……！　ジェイド、んぁ、ダメだ！　イクッ、あ、ああっ……！」

そして、ふたりの声が重なる。

「あぁっ、イックウウゥウゥゥッ！」

びゅるるっ、びゅく、びゅくくっ！

グルナの提案どおり、俺も同じタイミングで射精する。

「んはぁぁぁっ♥」

中出しを受けたグルナは、イったばかりだというのに、再び身体を跳ねさせた。

「んはぁっ♥　あっ、すごいっ♥　熱いのこんなに出て、あっ♥　んはぁっ……！」

そして身もだえながら、しっかりと精液を絞り上げていく。

膣襞に押し出されて、余さず精液が流れ出ていった。

「あぁ……♥　んっ……」

ふたりとも、絶頂の余韻でぐったりとしている。

美女ふたりが、俺とセックスし、感じながらドスケベな姿をさらしているのだ。

男としての強い満足感に包まれながら、俺も激しい行為に脱力していくのだった。

●

一日の疲れを癒やすのは、やっぱりお風呂だ。

この寮は本当に豪華で、広くはないが部屋風呂もしっかりとついている。

というわけで風呂に入ろうとしたのだが、ちょうどそのとき、ペルレが部屋を訪れたのだった。

いつもならば風呂にも入り終え、寝ようというころに来ることのほうが多いので、今日はちょっと早かったというわけだ。

「あっ、そうなんだ」

これから入浴だと話すと、彼女はうなずいた。

そして何かを思いついたように笑みを浮べる。

「それじゃ、いっしょに入ろうよ。背中、流してあげる♪」

楽しそうに言うペルレ。

「ああ……たしかに、それもいいかもな」

ベッドで肌を重ねることは多いが、いっしょにお風呂というのはなかなかない。

まあ、そもそもお風呂って、子供以外はひとりで入るものだしな。

地方によっては温泉とかいって、大きな風呂にみんなで入る文化もあるみたいだが、この近隣にその温泉とやらはない。

しかし……。いちゃつきの一つとしてはいい気がした。なんだか、どんどんペルレと恋人っぽさが増していて、俺はとても嬉しい。

彼女のほうから誘ってくれるなら、断る理由はなかった。

そんな訳で、俺たちはいっしょに風呂に入ることになった。

「なんだか、寝室以外で男の人の前で全部脱ぐのって……変な感じだね」

ペルレは少し照れくさそうに言った。

「たしかに。明るい中で全裸になるわけだしな」

「うぅ、そう聞くと、もっと恥ずかしくなってきた」

教室でセックスしたこともあったが、それでもあのときは半脱ぎ程度だったな。

そんなことを考えながら服を脱いでいき、ふたりで浴室へ入った。

まずは軽く、自分で全身を洗い流していく。

こうして女の子と並んで身体を濡らしていくのは、やはり不思議な感じだ。

「ふふっ、やっぱりちょっと恥ずかしいね」

そう言いながら、ペルレが続ける。

「それじゃ、さっそく身体を洗ってあげるね。さ、座って」

彼女に促されて、俺は風呂用の椅子に腰掛ける。

「いくよー♪」

彼女は石鹸を泡立てると、まずは肩の辺りを洗ってくる。

小さな手が肩を撫でてくるのは気持ちがいい。

「肩幅、やっぱり広いね。男の子って感じがする」

そんなことを言いながら彼女は、俺を泡まみれにしていく。

「んっ、それじゃ、次は背中だね。背中はこっちで、んっ」

むにゅんっと柔らかな塊が背中に当てられる。

その正体はすぐにわかる。おっぱいだ。

「あんっ、んっ……この前読んだ本に、こういうの、書いてあったんだ」

「どんな本を読んでるんだよ……」

呆れ交じりに言うものの、まあその本が間違っているとは思わない。

「んっ、しょっ……」

おっぱいを背中に押し当てながら、動くペルレ。

単純に、たわわな乳房を押し当てられるのは気持ちよかったし、泡でぬるぬるのおっぱいを擦りつけられるという状況も興奮する。

「ふっ、んっ……」

おっぱいで擦られていると、もちろんムラムラとしてくる。

「んっ、背中は一応、泡で覆われたね。それじゃ、次はこのまま前を、んっ……」

彼女の手が、俺の胸へと伸びてくる。

「ん、しょっ……」

そのまま両手で胸やお腹を洗ってくるのだが、後ろから抱きかかえるように密着しているため、先ほどよりもはっきりとおっぱいが押し当てられていた。

「ん、どうかな？」

「ああ、いいなこれ」

むにゅ、むぎゅっと柔らかなおっぱいが押し当てられていて、その中に少しだけしこりが感じられる。

それは、擦ったり押しつけたりで反応してしまった、ペルレの乳首だ。

「んっ……♥」

俺の耳元で、色っぽい吐息を漏らしていく。

「あふっ……ほら、乳首もちゃんと洗って、んっ……」

ペルレは俺の乳首をくりくりといじってくる。

自分が感じるから、そうしているのかもしれない。

俺としては乳首への刺激そのものよりも、ペルレのような清純な美少女がそうしているという状況こそがエロく感じられた。

「あふっ、んっ……しっかりと綺麗にして、んっ……」

そして彼女の手は、そのまま下へと伸びてくる。

「お腹も……なでなで、さすさす」

彼女は俺の腹筋あたりを丁寧に触っていく。

「あふっ……んっ……♥」

洗っている彼女のほうが、俺よりもずっとエロい吐息を漏らしていた。

耳元で艶めかしい声を聞いていると、俺もどんどん興奮してくる。

「それじゃ、ここも……♥」

そう言った彼女の手が、お腹より下……すでに屹立している肉竿へと触れる。

「あっ♥　もう、こんなに硬くて、熱い……」

「うっ……」

ペルレの、泡だらけの手が肉棒をしゅこしゅこと擦ってくる。

「あふっ……ここは大事なところだから、しっかりと洗わないとね♪」

そう言いながら、泡みれの手で幹からカリ、先端までしっかりと撫で回していく。

「ぬるぬる、しこしこ……♥　おちんちん、すっごく熱くて、あふっ……」

石鹸の泡で滑りがいいため、リズムよくしごかれていく。

「ガチガチのおちんちん……♥　先っぽもなでなでー♪」

「うぉ……」

ここまでぬるぬるの状態で先端をなで回されると、思わず声が漏れてしまう。

「にゅるにゅるー♪　あぅっ、こうやって触ってるだけで、んっ……」

肉棒をしごきながら、耳元でエロい声を出してくるペルレ。

「もっと気持ちよく、えいっ♪」

「うっ……」

彼女は後ろから、ペニスをのぞき込むように身を乗り出した。

するとおっぱいが、より強くむぎゅっと押しつけられてる。

「あふっ……そうだ……手だけじゃなくて、身体も動かして……ん、しょっ♪　あっ♥　ん、はぁっ……んぁっ♥」

「ペルレ……」

彼女は肉竿をしごきながら、身体のほうも上下に動かしていく。

そうすると、おっぱいがむにゅむにゅすりすり、背中に押し当てられながらこすれていくのだ。

「あふっ……♥　ん、あぁ……」

それで気持ちよくなっているペルレが、艶めかしい吐息を漏らしている。

「先っぽの、んっ♥　太いカリの裏側も、あぅっ……しっかりと洗わないとね♥　筋の溝にそって、んっ……」

彼女の指が裏筋を丁寧にいじってくる。敏感なところを擦られると、思わず腰が上がってしまう。

「でっぱったりへこんだりで汚れが溜まりやすいところは、ちゃんと綺麗にしないと♪　あっ、んっ、ふぅっ……」

指先が丁寧に肉棒を撫で、いじり、擦ってくる。

「おちんちん、んっ、血管が浮き出ちゃってる……♥　硬いおちんぽ全体もしっかりと、こすこす、しゅこしゅこっ……」

「うっ、ペルレ……」

肉棒を擦り上げられるのは、純粋に気持ちがいい。

「しこしこ、しゅこしゅこっ……」

泡で滑りがいいのもただの手コキとは違う感じがして、俺を追い詰めていく。

「縦だけじゃなくて、おちんぽ全体をしっかりと、くるくるっ、しゅるしゅるするね♥」

指をわっかにした状態でさらに、ひねりを入れてくる。

くるくると手を回すようにしながら、チンポをしごかれていった。

丁寧に竿をいじられていき、どんどんと欲望がたまってくる。

そのとき彼女の片手が、屹立する竿の下にも伸びてきた。

「こっちもちゃんと洗わないとね♪　子種のつまった、男の子の精液袋♥」

「うぉっ……なんだよ、それ」

彼女の手が、陰嚢を撫でてくる。

「えっと…グルナさんから……えへ。ここは優しくだよね、さすさす、ころころー」

女子の手が陰嚢を撫で、刺激していくのはたまらない。

「中にあるタマタマを撫でながら、ちゃんと皺のところも洗わないとね」

「うっ……」

細い指がフェザータッチで玉袋の皺を撫でてくる。

奇妙な気持ちよさが広がるのと同時に、玉を刺激されたことで、精液が準備を始めているようだった。

「あっ♥　お湯でぶらんっとなってたタマタマが、ちょっと上がってきたね……♥　これ、射精の準備を始めてるんだよね？」

彼女の手が、引っ込みつつある玉を撫でてくる。

そしてラストスパートとばかりに、再び両手を肉棒へと移していった。

「それじゃ、おちんぽしごいていくよ？　……ん、しょっ、おちんちんしこしこ、しこしこっ！　んっ、あぁ♥」

その興奮に合わせて、肉竿をしごく手も速くなってくる。

「あっ♥　ん、ふぅっ……ジェイドくん、あっ♥」

そんなふうに興奮しながらしごかれると、俺のほうも射精感が増してくる。

「しっかりと洗って、んっ、はぁ、ああっ……♥」

身体を動かし、おっぱいを擦りつけながら、ペルレが肉棒に奉仕する。

「んっ、ふぅっ……あぁっ……がちがちのおちんちん、んっ、すりながら、あっ……ふぅっ、んぁっ、あぁっ♥」

「ぐっ、ペルレ……」

「おちんちんしこしこっ♪　先っぽ、張り詰めて、あふっ、太いおちんぽの中を、せーえきがきてる、ん、はぁっ、ああっ♥」

「う、出るっ！」

俺はぬるぬるの手にしごかれながら射精する。

「ひゃうっ♥　あぁっ……おちんちんビクビク震えて、精液、いっぱい出してるよぉっ♥　こんなに跳ねて、んっ」

彼女の手の温かさを感じつつ、精液を大量に放っていった。

「あぁ……♥　白いぬるぬるだらけだね♥」

手についた精液を見せつけるようにしながら、ペルレが言う。

「ちゃんと石鹸も洗い流さないとね♪」

そして身体を洗い流すと、彼女はこちらを見た。

「綺麗になったけど……おちんちんはまだ大きいままだね」

彼女はうっとりと肉棒を見つめた。

「でも、あまり外にいると冷えちゃうから、ね……？」

「ああ」

そう言って、俺たちは湯船へと移動した。

しかしもちろん、この状況でおとなしくお湯につかるだけなんてことはない。

彼女は湯船の中で、俺にまたがってくる。

「あっ♥　ん、硬いおちんちんを、んっ……」

そして肉棒をつかみ、自らの膣口へと導いていく。

「んぅっ……ふぅっ……」

そのまま腰を下ろし、肉棒をおまんこに咥え込んでしまった。

よくよく考えて見れば、この部屋だって立派な学園内だ。規律は緩いとはいえ、そんな場所で女生徒と毎晩セックスしているなんて、今さらながらに淫らなことだった。

「あふっ、ん、あぁ……」

お湯で身体も温まり、膣襞に歓迎されてぎゅっと包み込まれると、洗い場で強張《こわば》っていた全身が緩み、癒やされていく。

「ふふっ、お湯より熱いの、入ってきてるっ……♥」

お湯の中で対面座位の姿勢で繋がると、ペルレが腰を動かし始めた。

「んっ、ふぅっ、んぁっ……」

彼女が腰を振る度に、膣襞が肉棒を擦り上げる。

それに加えて、お湯に浮いているおっぱいもふわふわと揺れていた。

「んはぁっ、あっ、んっ……ふぅっ……」

彼女は小さく声を漏らしながら、腰を振り続けた。

「あふっ、ん、あぁ……」

お湯の波紋と、目の前で揺れるおっぱい。

「ん、ふぅっ、あっ、ああっ……」

たぷたぷと湯船で上下するその巨乳に、手を伸ばして揉んでいく。

「あんっ♥　あ、んっ……」

そのままむにゅむにゅと、両手でおっぱいを楽しんだ。

「もう、んっ、あぁっ……」

柔らかなおっぱいを堪能していると、膣襞も淫らに肉棒を刺激してくる。

「ふぅ、んっ、あぁ……♥」

ペルレは興奮のままに腰を動かしている。

「ん、ふぅっ、あぁっ……あっ、ん、はぁっ……」

「そろそろ、こっちも動くか」

「ひゃうっ♥」

俺は下から腰を突き上げていく。

「あっ、ん、あぁ……ジェイドくん、あっ♥　んぅっ」

半分お湯の中だということもあり、腰を突き上げるのは普段より簡単だ。

俺は彼女の腰へと手を回し、腰を突き上げていった。

「んはぁっ、あっ、んぁっ……♥」

身体を上げると、彼女のおっぱいがすぐ目の前に来る。

眼前でたゆん、ふにょんっと揺れるおっぱいは、とても魅力的だ。

「あんっ、ふぅっ、あっ、んぁっ……！」

俺はそんな巨乳に、顔を突っ込んでいった。

「あうっ、ん、あぁっ……♥」

もにゅんっと顔を埋めると、幸せな柔らかさに包みこまれる。

「んむっ、そんなに好きなら、むぎゅー♥」

「うむっ……」

彼女はそのまま、ぎゅっと俺の頭を抱きしめて、胸に押しつけてくる。

おっぱいに顔を埋め、その気持ちよさを感じながら腰を動かしていった。

「あんっ♥　あっ、ん、ふぅっ、んぁっ……」

ちゃぷちゃぷとお湯を揺らしながら、ピストンを続ける。

「んはぁっ♥　あっ、ん、ふぅっ、ん、あぁぁっ！」

お風呂だということもあり、ペルレの嬌声がいつも以上に響くのがエロい。

「んぁっ♥　あっ、ふぅっ、んあぁっ……！」

ズンッと突けば、彼女がびくんと反応する。

「あふっ、ん、ああっ……♥」

やがて快楽に流されていくと、彼女は手を俺の肩へと移動させた。

そして、ペルレ自身も腰を動かし始める。

「んはぁっ♥　あっ、ふぅ、んくっ……！」

互いに腰を振り、ピストンを合わせる。

「あふっ、ん、あっ、はぁっ……ん、あぁっ……ふぅっ、んあっ、んぁっ……！」

お風呂場に響く嬌声のＢＧＭを聞きながら、膣襞をカリで擦り上げていった。

「あぅっ、ん、あぁっ。もう、ん、あうぅっ……イっちゃう……♥　ん、あっ、はぁ、ん、あふっ、あぁぁっ！」

その声を聞きながら、俺も快楽に身を任せていった。

「んはぁっ♥　あっあっ♥　んくぅっ！　もう、イクッ！　あぁっ、ん、はぁっ、イク、んぁ、イックウウゥゥウゥッ！」

ペルレが絶頂する。

「ぐ、いくぞ！」

その最高の締めつけに促され、俺も射精欲が爆発しそうだ。

そのままおまんこを突き上げ、膣襞をしっかりと擦り上げていく。

「んはぁっ♥　あっあっ♥　イってるおまんこ、そんなに突き上げたら、んぅっ、ふぅっ……。あっ♥　んあぁっ！」

蠕動する膣襞が、精液を求めてペニスを絞り上げてくる。

「出すぞ！」

俺はその絶頂締めつけに任せるまま、最高に気持ちいい射精をした。

「んくぅぅぅっ♥　あっ、あぁ……♥　勢いよく、せーえき出てるぅっ♥」

中出しを受けて、ペルレのおまんこがまたきゅっと締まった。

「あふっ、ん、あぁ……♥」

しっかりと精液を出し切ると、俺はそのまま脱力していく。

「んっ……」

ペルレもこちらへともたれかかってきて、俺たちはそのまま、しばらく湯船で過ごすのだった。

お風呂場でセックスし、そのまま抱き合っていたということで少しのぼせてしまったのだが……

こういうのも興奮していいな、とも思ったのだった。

第五章　モンスターの増殖

美女たちに囲まれる、ハーレムな学園生活が続いていると、劣等紋でばかにされることも減り、少しずつクラスメートに声をかけられるようにもなっていった。

一度目の集中試験が終わり、その結果が張り出されたことも関係あるかもしれない。

座学のほうはまあまあといったところだが、実技のほうは俺もトップクラスだ。

冒険者を育てる学園だということで、集まる生徒もそれを目的としている。

そのため、やはり実力がある者には一定の敬意をはらうみたいだ。実際に冒険者になれば、優秀な知り合いは多いほうがいい。

もちろん、まだ妬む者もいるにはいるが……もともと生徒の質が高いこの学園では、それも少数派だった。

性格の善し悪しというよりも、単に派閥で敵対している場合以外は争うこともないらしい。

この学園では他人の足を引っ張るよりも、自分を鍛えたほうが単純に評価されるしな。

貴族の面子にかかわることでもなければ、人を妬むことに意味はない。

それに、好んで人の足を引っ張るような人間は、そもそもこの学園ではすぐに排除されてしまう。

そんなわけで、より過ごしやすくなった学園生活。

ペルレやヴィリロスとの交流も助けとなって、俺とグルナの人間学習は順調にいっていたのだが、街のほうには少し異変が起きているようだった。

というのも、ここ最近は強力なモンスターが現れはじめ、周辺地域の生態系が崩れているらしいのだ。そのため、冒険者たちは討伐で大忙しらしい。

影響は学園にもあり、最近は本来の実習用クエスト以外に、下位の討伐クエストが学園側にも回ってくるようになっていた。

当然、受注レベルの制限などがあり、それらのクエストを受けられるのは学園内でも度上位のパーティーだけだ。しかし実際のところ、難易度や危険度が少し上がる以外は、実習で行うクエストと大きな差があるというわけでもない。

お偉いさんたちは危機感を持っているが、学園の生徒にとってみれば、街の騒ぎはまだまだ他人事というか、大変らしいよ、という程度の温度感だ。

そして街の住人たちにとっても、それは同じらしい。

モンスターが増えているというのは噂で流れているが、そこまで暮らしに大きな影響を受けているわけでもない。

せいぜい、出歩くときは気をつけよう、この地域にはなるべく行かないようにしよう、くらいのものだった。

まあ、行商人などの移動が必須の人々はともかく、街中で暮らす人からすれば、実感は湧きにくいだろう。

冒険者にしても、中堅以上は変化を肌で感じているが、俺たち学生を含む下級の冒険者だと、クエストにそこまでの変化はないわけだしな。

そんなふうにして、日々は流れていたのだが……。

「最近、また一段と状況が悪化しているようですわね」

クエストの帰り道。街へと戻る街道を歩いているところで、ヴィリロスが言った。

課題クエストを終えるといつも、まずは冒険者ギルドへ報告してから学園に戻る。実践的でもあるし、冒険者としての経験と感覚を学ばせるために、そのような仕組みになっているようだ。

だからクエスト実習のときは、パーティーを組んだ仲間と話し込む時間も多い。

「ああ、そうみたいだな。ギルドに課題終了の報告に行くときにも、そわそわした感じがあるし。ヴィリロスには、けっこう情報とかが入ってくるのか？」

貴族令嬢である彼女には、独自の情報網があるだろう。

そう思って尋ねると、彼女は首を横に振った。

「いえ、わたくしもそこまで熱心に情報を集めているわけではありませんが……最近は以前と違って、上位の冒険者の方々が本格的に慌ただしくなっているようですわね」

「街には、まだまだ余裕ありそうな感じなんだけどね」

ペルレが言うと、グルナもうなずく。

「そうだな。でも実際に外に出ている冒険者は、かなり危機感を抱いているみたいだ」

ギルド内を見る限りでは、結構大事になっていそうだった。

「生態系を乱しているらしい強力なモンスターを一気に駆逐するため、有志の冒険者たちで討伐隊を組もうとしているみたいですわね」

「そんなに大事になっていたのか」

普通、冒険者は少人数のパーティー単位で動き、そうそうまとまることはない。

けれど今回の件は、それが必要なくらい、影響を及ぼしているのだろう。

結構多くのモンスターが流れ込んで、生態系が乱れているようだ。

平和な時代なので、街ごとの軍隊などは常駐していない。ギルドにはこんなとき、国からの要請もあって先頭集団をまとめる役割があった。

もちろん、それらの大規模な討伐隊は、俺たち学生には縁のないものだ。

中堅以上、上位の冒険者が中心となって、大規模討伐に向かう。

そのために、俺たち学生や下位の冒険者たちの役目としては、近場でのクエストがもう少し増えることになるのだろう。

冒険者たちと街の住人とでは、温度差がかなり出てきているようだった。

「まあ、自分の周り以外のことは、結局わからないものだしな」

学生の俺たちもまだ、やはりどこか蚊帳の外な感じなのだった。

以前、ダンジョンで転移のトラップにはまったことがある。

それ以降、ヴィリロスはトラップに対する勉強をし、独自に対策をしていたようだ。

その成果もあり、今では近くのダンジョンでトラップにひっかかることはなくなっている。

しかし、ダンジョンによってトラップの種類はまったく違う。

より高レベルなダンジョンでは、さらに巧妙に仕掛けられたものも出てくる。

そんな訳で、ヴィリロスがもっと罠に対する勉強をしたいというので、ふたりだけでトラップ解除の訓練をすることになった。

ダンジョンではなく安全そうな洞窟を使い、俺がわざとトラップを仕掛けておくというものだ。

もちろん訓練だし、危険なことはしない。

が、リスクがまるでないというのも気が抜けてしまう。

そんなわけで、俺はちょっと工夫したトラップを仕掛けたのだった。

「では、いきますわよ」

「ああ。どうぞ」

やる気のヴィリロスが、トラップの洞窟へと挑んでいく。

後ろからついていくと、彼女は慎重に進み、まず一つ目のトラップを危なげなく解除した。

「さすがだな」

基礎的だが、引っかかりやすいトラップだった。

ヴィリロスはちゃんとそれを見つけ、解除していた。

「でも、まだ油断は……んっ」

彼女は次のトラップも躱《かわ》し、洞窟を進んでいく。

その後も順調に回避、あるいは解除もしていくヴィリロス。

森で狩りに使ったような罠もあったのだが、問題なくこなしているようだ。さすがだな。

この様子なら、もう大半のトラップに対しては問題なく対応できるだろう。

壁面に設置したトラップに気をとられている隙を狙う、スライム入り落とし穴も回避されてしまい、少し残念だった。自分的にはちょっと楽しみだったのだが。

そうこうするうちに、トラップ洞窟は終わりかけ……。

「ん、ふぅっ……三つも回避したところにまたトラップ、なんて……危なかったですわ。それに……ここにも仕掛けスイッチが。これを解除して、ひうっ！」

最後の最後は、何重にも仕掛けておいた。スイッチの解除自体が発動条件のトラップに引っかかり、ヴィリロスの身体は宙に浮く。

頑丈なロープに縛り上げられ、吊り下げられてしまったのだ。

「うぅ……失敗してしまいましたわ……」

「解除がキーになる罠は、初見じゃ難しいしな」

だからこそこうして、訓練で引っかかっておくことに意味がある。

「そうですわね。これでこの先はそういう意識も……ってこの格好、うぅっ……」

トラップで吊り下げられたヴィリロスは足を大きく開き、はしたない格好だ。

短いスカートの中は当然見えてしまい、セクシーなショーツが露《あらわ》になっている。

それに、足の付け根にきゅっと縄が食い込んでいるのもエロい。彼女の場合、そこに紋章があるのもエロさを増していた。

もちろん、エロい眺《なが》めは下半身だけじゃない。

上半身にも彼女の大きなおっぱいを強調するように縄が食い込み、そのたわわな果実をアピールしている。

危険なのはよくないが、ダメージがないのもよくないということで、俺が仕掛けたのはすべてエロトラップなのだった。

それにまんまとはまったヴィリロスは、エロい格好で縛り上げられ、抵抗できずにいる。

「うぅ……」

彼女のような強気系お嬢様と拘束は、とても相性がいい。

男なら間違いなく嬉しいシチュエーションだ。

「ん、くぅっ……」

小さく身をよじるヴィリロスだが、そんなことではどうにもならない。

手も縛られているため、自力で抜け出すのは不可能だろう。そういうふうに作ってあるしな。

当然、縄には魔力を分散させる性質を付与してあるため、彼女の炎魔法で焼き切ることもできないと思う。付与の錬金術はこういうときにも役に立つのだ。

まあ、縄に耐火性能や魔力分散を付与して拘束するなんてことは、実際はそうそうないだろうが。

金属の鎖《くさり》でもよかったけれど、縄にしたのは……まあ、そのほうがきつめに縛っても負担が少ないと思ったからだ。

エロさで言えば……どちらも、それぞれに趣《おもむき》があっていいかもしれない。

鎖だと拘束感は強くなるが、縄のほうが屈辱感が出る気がする。

お嬢様を拘束するなら、断然、縄がいい。

そんなことを考えながら、エロい格好のヴィリロスを眺めた。

「ジェイド、なんだか目がいやらしいですわよ」

彼女は羞恥に顔を赤くしながら言った。

そんなふうにとがめても、今の彼女ははしたない大股開きで、おっぱいを強調する縛られ方をしているのだ。

いつものような迫力など出ないが、それがいい。

「まあ、トラップに引っかかった相手には、ちゃんとお仕置きをしないといけないしな。そこまでが訓練だよ」

そう言いながら、俺は彼女に近づいていく。

「ひっ、ちょっ、ちょっと、何をする気ですの!?」

縛られ、エロい格好をさせられはしたが、訓練はこれで終わりだと思っていたのか、近づく俺から逃げようともがく。

当然、そんなことをしても拘束が緩むことはない。

「もちろん、えっちなお仕置きだ」

そう言いながら、俺はまず、彼女の内腿を撫でていった。

「ひう、ん、あぁ……」

むちっとした腿を撫で、そのなめらかな肌触りを確かめる。

「あっ、ねえ、こんなところで、んっ……」

「トラップにはまったら、実際にはもっと大変なことになるんだからな」

そう言いながら、俺は彼女の腿をなで回していく。

「んっ……うぅ……」

ヴィリロスは恥ずかしそうにしながら身体を動かそうとするが、当然、どうにもできずに吊り下げられたままだ。

「あうぅっ……」

俺はそんな彼女の内腿ばかりを撫で回していく。

下着に包まれた敏感なところには触れず、周辺を焦らすように触っていく。

「あっ……んんっ……」

俺の視線はもちろんしっかりと、潤み始めるショーツの、そこに包み隠されている女の子の大切なところへと向いていた。

「う、んんっ……」

触れはせず、しかしセックスへの意識はさせる。

そんな焦らしプレイを、しばらく続けていった。

「あっ……んっ……」

彼女はもどかしそうに、小さく声を漏らしている。

どのくらいそうしていただろうか。

いじられ続けた彼女は、赤い顔でもじもじとしている。

「うっ……ジェイド、んっ……」

「どうしたんだ？」

俺が意地悪く尋ねると、彼女は潤んだ瞳で言った。

「もう外してくださいませ……んっ、ふぅっ……」

腿をちょっと撫でるだけで、今の彼女はぴくんと反応する。

焦らされまくって、敏感になっているのだろう。

そんな姿を見せられて、おとなしく引き下がれるはずもない。

「外してと言われて外したら、訓練にもお仕置きにもならないしな……」

そう言って、俺は縛られて強調されている胸もむにゅっと揉んだ。

「ひゃうんっ♥」

彼女は洞窟に響く大きな声を出した。

さんざん焦らされた後で、性感帯であるおっぱいを触られたので、刺激が強かったのだろう。

「おっと……訓練中に急にエロい声を出すなんて」

「そ、それは、んっ……あぁっ♥」

俺はそのまま、むにゅむにゅとおっぱいを揉んでいく。

「あっ、ん、ふぅっ……」

縛られてぐっと強調された巨乳。

ただでさえ大きいのに、アピールされると気になるのは当然だ。

「あっ、あぁっ……♥」

気持ちいい触り心地を楽しんでいく。

「洞窟の中で縛られてるのに、こんなに乳首を立たせて……ヴィリロスはえっちだな」

「んはっ♥　違いますわ……♥　だいたい、んっ、こんなえっちな縛り方をしているのはジェイドのほうで、んぅっ」

そう言うものの、少し乳首をいじると、すぐに甘い声が漏れてくる。

「あっ♥　んぁっ……♥　乳首、だめぇっ……」

「こんなに触ってほしそうに突き出してるのに？」

「ひうぅっ♥　あ、あぁ……」

くりくりといじると、ヴィリロスは赤い顔を蕩けさせていく。

焦らされた後なので、直接的な気持ちよさに感じ入っているのだろう。

「あっ、ああ♥」

エロい姿で縛られているヴィリロスの、感じている声。

それは俺の嗜虐心を刺激していった。

「ああっ♥　ん、ふぅっ……こんなの、あぁ……」

色っぽい声を漏らすヴィリロス。

俺はそのおっぱいを揉みしだき、乳首をいじり回していく。

「んぁっ♥　あっ、だめぇっ……。わたくし、ん、はぁ……♥」

彼女は縛られたままで感じていく。

そのエロい姿にはとても興奮してしまう。ペルレとの教室エッチ以来、俺はちょっと、こういうのが好きになっているようだな。

「あぁっ、ん、ふくっ、ジェイド、あぁ……」

「こっちも、すごい濡れてるな」

「いやぁ……」

彼女は小さく首を振る。

足を閉じられず隠せないその秘部は、もうすっかりと濡れていた。

下着にも愛液が滲みだし、割れ目のかたちがはっきりとわかってしまう。

「あっ、ん、ふぅっ……♥」

俺は片手を、そんな秘部へと移動させる。

「ひうっ♥　あっ、ああっ！」

軽くなで上げるだけで、彼女は敏感に反応した。

もうすっかりとできあがっているため、ちょっとした刺激が呼び水になっているのだろう。

「ジェイド、ん、あぁ……♥」

俺はそんな彼女のおまんこを、くちゅくちゅといじっていく。

「んぁっ♥　あ、ああっ……！　ダメですわ、んっ♥」

下着の上から割れ目をいじり、敏感なクリトリスを軽く押す。

「んひぃっ♥　あ、そこ、あっ……！」

一番敏感なところを触られたヴィリロスが、はしたない声を上げた。

「外で縛り上げられて、クリトリスまで触られてエロい声を上げるなんて……ヴィリロスはドスケべなお嬢様だな」

「そんな、あっ♥　だって、んうぅっ！」

言いながらくりくりといじると、彼女は嬌声を重ねていく。

美少女が縛られたまま感じている姿は、とてもいいものだった。

「あふっ、ん、ああっ……！」

下着の中に手を滑り込ませ、直接蜜壺をかき回した。

「あふっ♥　んぁ、ああ、んぁっ！」

そしてもちろん、クリトリスを中心に刺激していく。

「あふっ、んぁ、だめぇっ……♥　そんなにされたらわたくし、んぁ、あっ……あふっ……んはぁっ、あぁっ♥」

ますますエロい声をあげる彼女。

「本番のために、しっかりほぐしておかないとな」

そんなことを言いながらいじっていく。

「んはぁっ♥　あ、んぅっ……クエストにこんな本番、ありませんわよ！　んぁっ、あぅ、ふぅっ、ん、あぁっ……！」

まあ、確かにその通りだ。

基本的にダンジョンのトラップは人が作ったものじゃないし。

ヴィリロスは、多くの男が魅力的に感じ、エロいことをしたいと思うようなスタイル抜群の美女だが、さすがにモンスターにその色気は通じない。

彼女をエロい罠にはめて楽しむのは俺だけだ。

「んはぁっ♥　あっ、んぅ……ジェイド……もう、ほんとうにダメですわっ……♥　あっ、んぁ、わたくし、んぅっ……」

「どうダメなのかも確かめないとな」

わざとらしく言って、おまんこをくちゅくちゅといじり回していく。

「んあぁぁっ♥　あ、ああっ……♥　本当に、んぅっ、もう、イクッ！　んぁ、イっちゃいますからぁっ……♥」

「トラップに引っかかって、エロい姿で縛り上げられて……そのまま洞窟の中ではしたなくイってしまうのか？」

「いやぁっ……♥　そんな言い方されると、んぅっ、ふぅ、あぁっ……！」

「どうするんだ？　ほら、こんなに濡らして」

「んぁっ、あぁっ……♥　だめ、だめぇっ……♥　わたくし、お外で、こんな格好で……はしたなく、あっ、あああっ！」

俺は蜜壺をいじり回しながら、貴族令嬢の密やかなクリトリスをもてあそんだ。

「んひぃぃっ♥　あっあっ♥　らめぇっ……もう、んぁ、あっ、イクッ！　こんな、わたくし、ぁっ、んくうぅぅぅっ♥」

ビクンと身体を揺らしながら彼女が絶頂する。愛液があふれ出して、おまんこもひくついていた。

「あぁ……♥　わたくし、んぅっ……」

彼女は絶頂の気持ちよさと、外で恥ずかしい格好のままイった羞恥とで真っ赤になっていた。

「あふっ……ん、あぁ……♥」

そんなヴィリロスを見ていて、俺が我慢できるはずがない。

「ヴィリロス……」

自らズボンをくつろげると、彼女の痴態を見て滾《たぎ》りきった肉棒を取り出す。

「ジェイド、あっ……♥」

そそり立つ肉棒に、ヴィリロスがメスの表情を浮べた。

「ヴィリロスのエロいイキ姿を見てこうなったんだから。わかるよな？」

「あ、あぁ……♥　そうですわね。部屋に戻って、ん、続きを……」

このまま部屋までおとなしく帰るなんて、あり得ない。

それは彼女もわかりきっているはずだ。

それに、おまんこのほうも雄竿を目にしてひくついていた。

「こ、こんなところで、それもこんな格好で、なんて……♥」

普段なら恥ずかしすぎて考えられないだろう。

そうなのかもしれないが、今のヴィリロスはもう欲望に蕩けきっており、期待してしまっているのが丸わかりだ。どちらにせよ、俺もこの状況で我慢なんてできるはずがないしな。

俺は縛られたままのヴィリロスに近づき、下着をずらす。

そして一度イってぐちょぐちょのおまんこに、そのまま肉棒を突き刺した。

「んはぁぁぁっ♥　極太おちんぽ、はいってきたぁっ……♥」

ほぐれていた媚肉はスムーズに肉棒を受け入れて、締めつけてくる。

「うおっ……」

「んぁ、ああっ、あぁぁぁっ♥」

蠕動する膣襞が肉棒を擦り上げる。

「あふっ、あっ、ああっ♥　こんな格好で、んぅっ……！」

俺は縛られたままのヴィリロスを支えるようにしながら、腰を動かしていった。

「んはぁっ、あ、んぁっ！」

彼女は嬌声を上げながら、どんどんと感じていく。

「あふっ、ん、あぁっ……だめぇっ、んぁっ！」

「う、あぁ……」

縛られて抵抗できないおまんこに、チンポを出し入れしていく。

初めてを貰ったのも俺だし、ベッドの上で何度も身体を重ねたとはいえ……。

こういうシチュエーションで高貴なお嬢様を犯すのは、すごく興奮するものだった。

「んはぁっ、あ、ん、ふぅっ……♥」

「エロトラップにはまって、チンポをはめられながら喘ぐなんて、ヴィリロスはすっかりドスケベになったたな」

「んはぁぁっ♥　あ、あああぁっ……だって、ん、う、ジェイドおちんぽが、あっ、わたくし、あふっ、んくぅっ！」

ピストンで気持ちよくなっている彼女は、言葉も途切れ途切れだ。

「そんな言い方、いけませんわっ……♥　んぁ、あうっ、わたくし、あっ♥　ジェイドに犯されて……ん、はぁっ♥」

「そうだな。縛られて犯されて、こんなにはしたなくおまんこを濡らして喘いでるんだ」

そう言いながら、ズンッと腰を突き上げる。

「んひぃぃっ♥　あ、あぁっ♥　わたくし、あふっ、んぁっ……」

「犯されて感じてるスケベお嬢様だな」

「いやぁっ♥　んぁ、そんな、んくぅっ！」

肉棒を往復させるたび、ヴィリロスが嬌声を漏らす。

「あっあっ♥　だめぇっ、そんな、んぁっ……こんなことされて、んぅっ、恥ずかしいのに、わたくし、んぁっ♥」

羞恥心が快楽を生んでいく。

ヴィリロスはいつも以上に乱れていった。

「んはぁっ……もう、イクッ！　わたくし、こんな状況で、おちんぽはめられてイってしまいますっ♥　んぁっ……」

「いいぞ。犯されてイク、スケベな姿を見せてくれ」

「いやぁっ♥」

俺は腰の動きを速め、おまんこをかき回していく。

「んはっ♥　あっあっ♥　だめ、すごいのぉ♥　んぁ、ああっ、イクッ！　もう、イクイクッ！　イックウウウゥゥゥウッ！」

彼女は縛られて犯されながらも、喜びの声を上げて絶頂した。

「う、すごい締めつけだ……」

「んひぃっ♥　あ、んあぁっ……！」

絶頂おまんこが肉棒を強く締め上げてくる。オスの精液をねだる、孕みたがりな牝《メス》の動きだ。

「ぐっ……」

そんな絶頂締めつけに、俺も耐えられなくなる。

「いくぞ……！」

「んはぁっ♥　あっあっ♥　イってるのに、そんな、んぁっ♥　おちんぽズブズブされたらぁっ♥　んぁ、ああっ！」

「ぐ、出る！」

びゅくっ、びゅるるるるっ、どびゅびゅっ！

俺はヴィリロスの絶頂まんこに中出しをした。普段からキツいが、イッた瞬間が一番締まる。そんな肉の抵抗を押し分け、コリっとした子宮口めがけて射精するのが最高に気持ちいい。

「んはぁぁぁぁぁっ♥　あ、あぁっ！　すごいっ、んぁ……ドロッドロのザーメンが、わたくしの奥にびゅくびゅく出てますわぁっ……♥」

彼女はその刺激でさらにきゅうきゅうとおまんこを締めていった。

射精中の肉棒を容赦なく絞り、精液を受け入れていく。

「う、あぁ……」

あまりの気持ちよさに、俺も声を漏らしてしまう。

「あふっ、ん、あぁ……♥」

そしてしっかりと精液を出し切ると、肉棒を引き抜いた。

「あぅ、ん、あぁ……♥」

彼女は縛られ大股開きのまま、快楽の余韻でぐったりとしている。

凛々しい美人なので、その蕩けた表情も素晴らしい。

「あふっ……♥」

自分では足を閉じられないこともあり、たっぷりと出したザーメンが、そのおまんこからこぼれるのが見える。

混じり合った白い体液が、くぱぁと開いたおまんこから垂れる様子はものすごくエロかった。

この光景だけで肉棒が滾ってしまう。

「あぁ……♥　ふぅ、んっ……」

なんとか息を整えるヴィリロス。

「こんなの……すごすぎですわ……んぅっ……」

エロい姿に夢中だったが、あらためて見ると……。

「少しやり過ぎたかな」

そんなふうに思ってしまうのだった。

「す、少しどころじゃありませんわよ……」

彼女は顔を隠したくてもできず、快楽で涙目になりながら軽くにらんでくる。

そんな表情もいいな。

懲りずにそんなことを思いながらも、縄をほどいて彼女を下ろしたのだった。

「あうっ……まさかトラップの訓練で、こんなことになるなんて……」

ヴィリロスは自分の姿を見下ろす。

縛られたまま愛撫さて、犯されたお嬢様。しっかり中出しまでされている。

「うーん……」

あまりその痴態を意識しすぎると、また欲情してしまいそうだ。

「お外でこんなことされて……責任とってもらいますわよ！」

「ヴィリロスもすごく興奮してたじゃないか」

「だ、だからですわっ！」

そんなふうに言う彼女の顔は真っ赤で。

「なるほど」

気に入ってくれたんだなと、勝手にそう思うことにする。

またこうして、彼女をエロトラップに引っかけるのもいいかもしれない。

俺は、そんなふうに思うのだった。

●

街の周囲の状況は、あまり改善しなかったようだ。

いよいよ本格的に討伐隊が組まれ、ついに出発した。

俺たち学生や下位の冒険者たちは留守番なので、特に何かをするわけではないのだが……。

このタイミングで街にモンスターが出たら、俺たちが行くことになるのだ。

討伐隊が強力なモンスターを討つとき、普段は森の浅いところにいるような、弱いモンスターたちが街のほうまで流れてくる可能性は十分にあった。

そのために、下位の冒険者たちが警戒しているらしい。

俺たち学生はひとまず授業を中止し、待機状態になっていた。

交代で休息をとり、いざというときはすぐ戦えるように、という指示だった。

「こうしてみると、やっぱり大事なんだね……」

ペルレが周りを見ながら言った。

待機中はパーティーで固まっている。俺とペルレ、ヴィリロスにグルナのいつもどおりの編成だ。

俺たちの他にも、いくつかの学生パーティーが同じように待機していた。

といっても、俺たちは常に気を張り詰めているわけではない。

見張りは本職の冒険者がしてくれているし、俺たちは待機だけしておけば、ある程度はリラックスしてよい状態だ。

「モンスターが街へ来る可能性は、それなりにあるみたいだしな」

必ずというわけではないが、森の外周にいる低級モンスターが押し出されることは、珍しくないらしい。

もちろんそのくらいなら、俺たち学生や残った冒険者で問題なくさばける。

最下級のモンスターは、素人でも武装すればなんとかなるくらいだし、多少は討ち漏らして街へ入られてしまっても、なんとかなる。

もちろん住民にとっては不慣れで恐ろしい事態ではあるので、できれば俺たちだけで食い止めるべきなのだが。

そうして待機していると、見張りに就いていた冒険者がこちらへと駆けてきた。

「モンスターが来た。対応を頼む」

俺たち学生はそれに応え、彼に続いて街の入口側へと向かう。

「助かった。協力してくれ！」

先陣で対処していた冒険者が、そう声をかける。

数が予想より多いのか、すでに抑えきれず、少数が街へ侵入しはじめていた。

「これは……まずいな」

俺たちはすぐに戦闘に参加していく。

まずは、足の速そうなオオカミタイプのモンスターに狙いをつける。

「はっ！」

ケモノ型だということで、ヴィリロスの炎魔法が見事に刺さっていく。

雄叫びを上げて押し寄せるオオカミたちが、次々と炎に焼かれていった。

「よし、分断するよ！」

群れで動くモンスターたちを、グルナが土魔法で壁を作り、誘導していく。

集団で動かれると厄介なモンスターも、各個撃破ならだいぶ楽になる。

「はっ、ふっ――――！」

グルナはハルバードを構え、どんどんとモンスターを打ち払っていった。

今回は緊急事態だということもあり、普段のように見守るだけではなく、グルナ自身が次々と切り込んでいった。これには冒険者たちも驚いた様子だが、今はしかたない。

俺も同じように、前面へ出て率先的にモンスターを倒していく。

「でも、これって……」

ペルレが支援しながら、声を漏らす。

「そうですわね……」

ヴィリロスも表情が曇っていた。

それもそうだ。

今、街に残っているのは俺たち学生と、ランクでいうと下級の冒険者たちだけ。

相手にするのが下級モンスターだけなら問題ないだろう、ということで残されたメンバーだ。

しかし……。

周りを見ると、学生のみならず冒険者たちまでが苦戦している。

それもそうだろう。このオオカミタイプのモンスターをはじめ、ここにいるのは、想定されていたよりも強力なモンスターだった。

本来なら一角ウサギなどの、人間より小さく弱いモンスターだけのはずだったのだ。

しかし、オオカミタイプとなるとまったくサイズも凶暴さも違う。

住民が対処することはほぼ不可能だし、冒険者にとっても警戒が必要な相手だ。

それが、俺たち初心者のところへ来るとなると……。

「うわぁっ……！」

「ぐっ、これは……」

周囲からは、苦境の声が上がっていく。

「まずいですわね……かなり押されてますわ」

「ああ、そうだな……」

俺たちをはじめ、学生の中でのトップレベルの生徒なら、すでに戦闘力が並の冒険者より優れている部分もある、だから問題なくモンスターを捌いていけるパーティーもあるにはあった。

しかしそうでない多くの学生や、戦闘型でない冒険者パーティーなどは、これらの強いモンスターには対応できていない。

そのため、どんどんと防衛側は押されていき、モンスターが優勢になっていく。

「こんなに強いモンスターが来るはずじゃなかったのに……」

状況を分析していたペルレが言った。

これらのモンスターは、中堅以上の冒険者たちが相手をすべきレベルだ。

「想定とちがう何かが討伐隊に起こっていて、その分、強いモンスターも森から押し出されてきているのか……」

あるいは、今回の討伐とはまた別のモンスターが街に現れているのか……。

ともあれ、この状況はまずい。

冒険者側はどんどん押され、街中に強いモンスターが流れ込み始めている。

「グルナ」

「ああ、そうだな」

ヴィリロスとペルレには、学生パーティーと連携をとりながらの討伐を頼む。

そして俺たち自身は、荒々しくモンスターを狩り倒していくことにした。

普段は、今の人間社会になじむように……ということでそこまで目立つことはしないでいたのだが、この状況ではそうも言っていられない。

「それじゃ、いくぞ」

グルナが駆けだし、目にも止まらぬ速さで次々とモンスターを切り裂いていく。

神器でもあるハルバードがモンスターを貫き、切り裂き、打ち砕く。

学内でやる手合わせとは桁違いの速度と威力で、暴風のようにモンスターを切り刻んでいった。

俺も武器だけでなく、服や靴まですべてを強化して、常人ならざる速度でモンスターを切り刻んでいく。

付与による多段ジャンプや連続攻撃で、モンスターをなぎ払っていった。

俺たちが無茶苦茶な戦闘法でモンスターを削りまくると、戦況は改善していった。

敵の数さえ減らせば、落ち着いた状態でなら対処できるパーティーも多いためだ。

そうして好転してきたかに思えたが……。

「あ、あれは――！」

誰かが空を指さして、悲鳴に近い声を上げた。

それに釣られて、顔を上げる。

すると、そこには強大なモンスターがいた。

「な、なんでこんなところに――」

「ドラゴンなんて……！」

上空には、巨大なドラゴンがいた。

徐々に高度を下げ、その姿がわかるようになってくる。

ドラゴンは当然、獣型のモンスターたちよりも遙かに格上だ。

そもそも、討伐対のメンバーが倒しにいったモンスターよりも強力な相手だった。

この街の上位冒険者を集めたとしても怪しい相手だというのに、ここにいるのは学生と下級冒険者のみ。普通に考えれば、勝ち目などない。

「こんなのって……」

「うわぁっ――！」

咆哮するドラゴンが、空中からこちらを見下ろす。

周囲の冒険者や学生はその迫力だけで戦《おのの》き、逃げ出す者も多かった。

戦線は完全に崩壊するが、同時に、これまで俺たちが戦っていたモンスターたちも、ドラゴンに恐れをなして街から逃げ始めている。

連中が街へ押し寄せていたのは、このドラゴンの影響なのだろう。

もしかしたらそもそもの原因が、このドラゴンによる気まぐれなのかもしれない。

討伐対象のモンスターも、ドラゴンから逃げてきた、という可能性もある。

ドラゴンの登場によって、街を襲っていたモンスターはすべて逃げていった。

あとは、このドラゴンさえどうにかできれば、もう大丈夫だ。

とはいえ……冒険者たちはすでにちりぢりだ。

まあ、レベルの足りない冒険者が束になったところで、相手がドラゴンでは、一瞬でなぎ払われて終わりということも十分にあるが……。

「ジェイドくん……」

なんとか駆け寄ってきたペルレが不安げに俺を呼んだ。

これだけ巨体が相手となると、恐れるのも無理はないだろう。

強さももちろんだが、単純な迫力もすごいものだ。

「だ、大丈夫ですわ……」

ヴィリロスはそう気丈に言うものの、声が震えている。

「ああ、もちろん大丈夫だ」

そんな彼女に、俺はうなずいた。

「いくぞ、グルナ」

「ああ、いいぞジェイド！」

「ヴィリロスとペルレは、防御に専念してくれ。ドラゴンのブレスは広範囲だから、被害がいかないように気をつけてな」

「わかりましたわ」

「うん！」

ふたりは答え、防御系の魔法を使い始める。怯まず動くそれを見て、俺は一安心する。

俺はそこで、自分とグルナの武器を強化した。

それぞれの武器に「竜特攻」の力を付与していったのだ。

本来なら特攻付与は時間をかけるし、様々な素材を使って行うものだが、劣等紋とも言われている俺の紋章は、付与力をベースとした原初の紋章だ。

そのため、修練にかかる手間や時間こそ大きかったものの、現代の洗練された、特化型の紋章よりも無茶ができる。

そうして強化した武器で、ドラゴン戦に挑む。

グルナがハルバードを振りかぶり、打ち下ろす。

ドラゴンは爪でそれを受けるものの、グルナはパワーで押し切っていった。さすがだ。

俺は逆に下からドラゴンの脚に切りつけ、バランスを崩していく。

「グオォォッー！」

嘶《いなな》くドラゴンが尻尾を振り回し、俺に打ちつけてきた。

それを、靴への付与による二段ジャンプで回避し、剣を投擲する。

「ゴォッ！」

尻尾の根元あたりに見事に突き刺さり、ドラゴンが苦痛の声を上げた。

その隙にグルナがハルバードを何度も振り下ろし、ドラゴンの胴体にダメージを与え続ける。

俺は魔法で剣を手元に呼び戻し、再び斬りかかった。

本来なら、ドラゴンの硬い鱗《うろこ》に攻撃を通すのは難しい。

しかし、そのための竜特攻付与だ。

平和な時代だ。好き好んで竜討伐など人間側からはしない。

なまじ強者として君臨し続けていたが故に、ドラゴンは自らを傷つける俺たちの攻撃に、上手く対応できていないようだった。

やがて抵抗をあきらめ、増える負傷を承知の上で、巨体でのゴリ押しをしてくるようになる。

「グゴオオォォォッ！」

ひときわ大きな叫びを上げると、がむしゃらに突進し、あるいは尻尾を振り回す。

ドラゴンの巨体、パワーでそれをやられると、それだけで大きな脅威だ。

俺たちはその攻撃をなんとか回避しながら、さらにドラゴンへの攻撃を繰り返す。

グルナが頭上から斬撃を放つのに合わせ、俺はさらに下から切りつけていく。グルナとのコンビネーションなら、このコンボが一番慣れているのだ。

傷をいとわず暴れていたドラゴンもどんどん削られ、動きが鈍くなっていった。

そこで俺は、ドラゴンの攻撃で砕けた石畳から、刺突用の剣を作り出す。

一撃で壊れる代わりに、攻撃力を上げる特殊なスキルを付与し、さらに竜特攻も重ねがける。

「ジェイド！」

「ああ！」

グルナが位置を変え、腹側へ回ってハルバードを打ちつける。

それにドラゴンが反応したところで、俺は高く飛び上がった。

そして即席の刺突剣を、ドラゴンの頭部へと突き刺す。

「グオオォォッ！」

一撃限りの魔剣は、その脳天を貫いた。

ドラゴンが断末魔の叫びを上げながら、崩れ落ちた。

地面が揺れ、ドラゴンが動きを止める。

「ふぅっ……」

俺は着地して、倒れゆくドラゴンを眺めた。

魔剣はすでに、強力な一撃とともに砕け散っている。

「どうにかなったな」

「ああ、そうだな」

グルナが俺の隣に来てうなずいた。

広範囲ブレスによる被害を街に出される前に、無事に倒せてよかった。万一にも、ポイズンブレスなどであったなら、たいへんな被害になっていただろう。

それでも一部の建物は壊れてしまったが……。ドラゴン襲来の被害としては、最小に近いものだと思う。

人類の強敵であるドラゴンが倒されたことで、離れた位置から人々の歓声が上がった。

災害級のモンスターであるドラゴン。

目にしたら街ごと終わり……とも言われる最上位モンスターを、最小の被害で討伐できたというのもあって、誰もが驚きながらの歓声だった。

「すっかり目立ってしまったな」

「まあ、今回は仕方ないだろうさ」

グルナは助かった人々を眺め、女神らしい慈愛の笑みを浮べた。

「すごいなジェイド！」

「まさか、ドラゴンを倒すなんて！」

同じ学生パーティーのメンバーがいち早く駆けつけ、声をかけてくる。

俺は彼らに囲まれながらやたらに褒められ、少し気恥ずかしい思いをしたのだった。

●

討伐隊のほうも、本来の標的であるモンスターをきっちりと討伐して戻ってきた。

なだれ込んできたモンスターによる街の被害も多少ありつつ、脅威が去ったということで街全体は明るいムードだった。

壊れてしまった施設のほうは貴族の協力もあり、すぐに復興していくことになりそうだ。

脅威となるモンスターが倒されたことで、ここ最近乱れていた生態系も元通りになっていくだろうし、一安心だろう。

そんなわけでドラゴンキラーの英雄だとかおだてられつつ、わちゃわちゃと囲まれながらもなんとか酒宴を抜け出し、俺は部屋に戻ってひとりでのんびりとしていた。

そんな俺の部屋に、ヴィリロスが尋ねてくる。

「今日は大変でしたわね」

「ああ。ドラゴンなんて俺も初めて見たしな」

存在としては有名だし、話には神々からも聞いたことはあった。

森にいたころ、一部の神の武勇伝にも出てきていたと思う。

そんなドラゴンだが、すでにこの世界での数は減っているらしい。

実際に戦ったのは初めてだけど、やはりその巨躯は迫力があるものだったな。

「ほんとうに、すごかったですわ」

ヴィリロスは目を輝かせて言った。

「やっぱり、ジェイドはとても強いのですね」

そうまっすぐに来られると、くすぐったい。

最初のうちは俺に張り合ってきたヴィリロスだったが、今ではすっかり懐いてくれている。

そんな彼女が愛おしくなり、俺はヴィリロスを抱きしめた。

「あんっ♥」

彼女はそのまま、俺の腕の中に飛び込んでくる。

「ん、ちゅっ♥」

そしてそっと、そして情熱的にキスしてくるのだった。

「んっ……」

彼女の柔らかな唇を好ましく感じながら、軽いキスをしていく。

「んむっ……れろっ……」

どちらともなく、舌をからめ始める。

「ちゅっ、ぺろっ……」

彼女の舌先を舐め上げながら、温かな吐息を感じた。

「んむっ、ふぅ、んっ……」

互いの舌をからめ合うと、だんだんと盛り上がってくる。

「んむぅ……はふぅっ……♥」

口を離したヴィリロスは、うっとりとこちらを見つめた。

潤んだ瞳が艶めかしく俺をとらえる。

「ジェイド、んっ……」

そんな彼女が、身体を下へとずらしていった。

彼女の手が俺の胸、そして腹へと撫でていき、ズボンにたどり着く。

そしてそのまま、俺のズボンに手をかけてくるのだった。

「ジェイド……ふぅ、んっ……」

熱い吐息を漏らしながら、彼女は俺の肉棒を解放した。

「あーむっ♪」

まだ膨らんでいないそこを、ぱくりと口へと含む。

「あむっ、ちゅっ……」

口内で軽く転がすように動かしながらも呟く。

「んむ……ジェイドの、んっ、やわらかなおちんちん……ちゅぷっ……」

軽く舌先でいじられ、口内でずっと転がされていると、そこに血が集まってくる。

「ふふっ♥　わたくしのお口の中で、んっ……おちんちん、どんどん大きくなっていきますわね♥　ぺろっ」

「ああ……」

温かな口内愛撫に、肉棒が徐々に膨らんでいく。

「ちゅっ、れろっ……あふっ、すぐにお口に入りきらなくなってしまいますわね……♥　んむっ、ちゅっ、んぁっ……」

膨張した肉棒を口から出すと、あらためて先端から舐め始める。

「ちろっ……れろっ……この、んっ、先っぽのところとか……れろっ、ちろっ……裏っかわがいいんですわよね？」

「ヴィリロス、うっ……」

彼女の舌が、裏筋を舐め回してきた。

「あむっ、じゅっ、れろっ……それと、んっふぅっ……」

柔らかな唇が、肉棒を挟み込んでしまう。

「こうして、れろっ、ちろっ……ちゅっ……おちんぽを咥えて、あむっ、んむっ……しごいていくと、んっ♥」

横向きに肉棒を咥えたヴィリロスが、唇でチンポをしごいてくる。

その気持ちよさとエロさに、俺は高められていった。

「んむっ、ちゅっ……んぁっ……♥」

お嬢様によるハーモニカフェラ。

肉竿に熱心に奉仕する姿はエロく、そそる。

「あ、むっ、ちゅぱっ……ん、ふぅっ……」

彼女は丁寧に肉竿への愛撫を続けていった。

「ふふっ♥　たくましいおちんちん……♪　わたくしのお口で、んむっ……ちゅぱっ……いっぱい気持ちよくなってくださいね」

「う、あぁ……」

器用に口を動かし、熱いフェラを行っていく。

「あむっ、じゅる……んっ……」

俺はその気持ちよさを感じながら、快感に身を任せていた。

「はむっ、ん、ふぅっ……」

ヴィリロスは俺の反応を見ながら、フェラを続けていく。

「おちんちん、こんなにはりつめて……♥　ん、ちゅぱっ……」

「あぁ、ヴィリロス、それ……」

美女が肉棒に奉仕している姿は、とても眼福だ。

「じゅるっ……れろっ、ちろっ……あふっ……こうしておちんちん舐められて、れろっ、気持ちよさそうなジェイドの姿、かわいいですわ♥」

そう言いながら、丁寧なフェラを続けるヴィリロス。

すっかりとドスケベになったその姿に、俺の射精欲が増していく。

「あむっ、じゅるっ……ふふっ♥　おちんぽの先っぽ♪　ぷくって膨らんできましたわ……。あむっ、じゅるっ……」

「う、そろそろだっ……」

俺が言うと、彼女は肉棒を正面から咥え直した。

「いいですわよ♪　わたくしのお口に、んむっ、いっぱい出してくださいね♥　れろっ……じゅるっ、じゅぶぶっ！」

「ああ……！」

正面から吸いついてきた彼女が、そのまま射精奉仕のフェラをしていく。

頭を前後に動かし、肉棒を喉奥まで飲み込んでいった。

「んむっ、ちゅぶっ……こうして、んぁっ……あふっ……おちんぽをしっかりと刺激して、じゅぶっ、ちゅぱっ♥」

「うっ、あぁ……」

前後に大きく動かして、肉棒全体を刺激してくるヴィリロス。

「あむっ、じゅるっ……れろっ、じゅぶぶっ……♥」

お嬢様が下品に鼻の下を伸ばすようにして、俺の肉棒を咥えこんでいる。

「あむ……じゅぶぶっ……じゅるっ……」

そのドスケベ顔を見ていると、精液が勢いよく駆け上ってくるのを感じた。

「ヴィリロス、いくぞ」

「はいっ♥　出して下さいませ……んむっ……じゅぶぶっ、じゅるるうっ！」

彼女は追い込むようにバキュームしてくる。

「じゅるるっ……じゅぶっ、ちゅうっ、じゅぼぼっ……！　れろれろっ、ちゅぱっ♥　じゅるっ、じゅぶぶぶぶっ！」

「ぐ、出るっ！」

俺はそのバキュームに従い、口内へと射精した。

「んむぅっ♥」

肉棒が脈打ちながら、精液をどくどくと放っていった。

「んむっ、ん、ふぅっ♥」

彼女はそれをすべて受け止め、ためらいなく飲み込んでいく。

「んくっ、ん、じゅるっ……ん、ごっくん♪」

そして精液を飲み干すと、妖艶な笑みを浮べた。

「あふっ、すごいですわ……濃い精液、ん、こんなにたくさん出して……♥」

そう言いながら、肉棒をまだ撫でてくる。

「それに、まだまだ硬いまま……♥　ね、ジェイド……」

「ああ」

潤んだ瞳でおねだりするような彼女に、俺はうなずいた。

そして彼女をベッドへと押し倒していく。

「んっ♥」

素直に転がると、仰向けになって俺を見つめるヴィリロス。

俺はそんな彼女に覆い被さり、まずはたわわな胸を楽しんでいく。

服をはだけさせ、ぶるんっと現れたそのおっぱいを両手で揉んでいった。

「あっ、んっ……♥」

むにゅむにゅとおっぱいを揉んでいくと、男の身体にはないその柔らかさに興奮が増していく。

「んぁっ、ふぅっ、んっ……」

かわいらしく反応するヴィリロスを見ていると、欲望がまた増してくる。

「ジェイド、ん、あぁっ……」

彼女もおっぱいを触られて感じているようで、うるんだ瞳で俺を見つめてきた。

そんな彼女の両胸を、寄せるようにして揉んでいった。

「あんっ♥　ん、あぁっ……！」

大胆にかたちをかえるおっぱいはとてもエロい。感触と見た目を存分に楽しんでいく。

「あふっ、ん、あぁっ……♥」

極上のお嬢様おっぱいを味わい、さらに揉みほぐしていく。

「んはぁっ♥　あっ、んっ……」

もにゅんっ、たゆんっと揺れるおっぱい。

ずっと楽しんでいたいくらいではあるが、ヴィリロスは足をからめるようにしてきた。

「ジェイド、んぁっ、あぁっ……わたくし、んっ……」

はしたなくも、腰を擦りつけるようにして挿入をおねだりしてくるヴィリロス。

そのエロい牝《メス》の姿には応えないといけない。

俺は彼女の下着をずらし、脚をがばりと開かせる。

「あっ♥」

下品なほどに開脚させると、ヴィリロスのおまんこはもうぬれぬれで、チンポを待ちわびているようだった。

俺はそのまま脚を上げさせ、股間をこちらに突き出させる。

「あんっ♥　ジェイド、ん、この格好……」

おまんこを差し出すような姿勢に恥ずかしがるヴィリロスだが、そんな意識に反して、蜜壺からは愛液があふれ出している。

「あふっ、んんっ……」

俺は滾っている剛直を、その入り口へとあてがった。

「あぅっ……硬いのが、んっ……」

そしてそのまま腰を進め、慣れ親しんだ秘穴にずぶりと挿入していく。

「んはっ♥　あ、あぁっ……おちんぽが、わたくしのおまんこを、んぁっ……」

すぐに反応して、膣襞がからみついてくる。

俺は膣道を肉竿で押し広げながら、最初から俺だけの場所である奥へ奥へと向かった。

「あんっ、あ、あふぅっ……♥」

肉棒を根元まで挿入すると、ヴィリロスが色っぽい声を漏らす。

たまらなそうな姿に刺激され、俺はそのまますぐに腰を動かし始めた。

「あはぁっ♥　あ、ん、くぅっ……」

ゆっくりと膣襞をかき分けながら、肉の穴を往復していく。

「あぁっ、ん、あぅっ……」

ピストンしながら、お嬢様が感じていく姿を眺める。

「あふ、ん、ああっ！」

大きく脚を上げ、おまんこを俺に突き出した状態。スケベなヴィリロスの体位は、俺の昂ぶりをますます煽っていく。

「いい眺めだな」

俺が言うと、彼女は小さく首を横に振った。

「んくっ、あ、あぁぁ……こんな格好、んぅっ……！」

動くこともできず、そのまま身もだえている。

「あぅっ。恥ずかしいですわ、んぁ、あああっ……！」

羞恥がヴィリロスをさらに気持ちよくしているようで、膣内がきゅっと締まって肉棒を締めつけてきた。

「あふっ、ん、あぁあっ♥」

俺はそんな彼女の中を往復し、膣襞を擦り上げていく。

自分では結合部が見えないだろうが、俺は彼女の中を欲望のままに出入りしていった。

「んはぁっ♥　あっ、だめですわ、んぁっ♥」

かわいらしく喘ぐヴィリロスに、腰のスピードもつい上がってしまう。

肉棒が膣襞を擦りながら、何度も往復していった。

「あっあっ♥　や、んっ、あぁっ……！」

俺はそのまま、興奮を乗せてピストンを繰り返す。

「んはぁっ♥　あっ、ああっ……ジェイドのおちんぽが、わたくしの中、いっぱい擦って……んはぁっ、ああっ♥」

「う、ヴィリロス……締めすぎだ」

膣襞が収縮し、肉棒に抱きついてくる。

「いちばん奥まで、んぁ、ああっ……！」

彼女は嬌声を上げ、どんどんと乱れていった。

「んはぁっ♥　あっもう、イクッ！　んぁっ、ああっ……！」

「俺もそろそろ、うっ……」

すっかりとろけたヴィリロスの姿を見ながら、ピストンを加速する。

「ひうぅっ……！　んはぁっ、ああっ！　ジェイド、んぁっ、あんっ♥　わたくし、あっあっ♥　ん、ふぅっ……！」

パンパンと彼女の尻肉を打ちつけながら、激しく腰を振っていく。真っ白な両脚をかかえ、抱きしめながら腰を押しつけた。

「んはぁあっ！　あっ、あああっ♥　もう、んぁ……イクッ！　あぁっ、イクイクッ！　イックウウゥウッ！」

「う、俺も、出るっ！」

びゅくんっ、びゅるるるっ！

「ひあぁぁぁぁぁっ♥」

彼女の絶頂おまんこの奥に、精液を放っていった。

「んはぁっ♥　あっ、ああっ……♥」

イってる最中の大量の中出しで、ヴィリロスが歓喜の嬌声を零す。

「きてますわぁっ♥　わたくしの中っ……おまんこの奥に、んぁっ♥　ジェイドの精液、びゅるびゆるって、あぁっ♥」

子宮で精液をしっかりと受け止めながら、ヴィリロスが声を漏らす。

うねる膣襞に搾り取られ、俺は気持ちよくそこへ射精していった。

「んはぁっ♥　あ、あぁ……♥」

うっとりと吐息を漏らす彼女から、肉棒を引き抜いていく。

「ジェイド、んっ……」

彼女はぎゅっと俺に抱きついてきた。行為で熱くなった身体と、その柔らかさ。

俺はそんなヴィリロスを抱き返しながら、いっしょに横になった。

「あふっ……ああ……わたくし、幸せですわ」

しばらくはそのまま、優しく抱き合っていたのだった。

●

思いがけずドラゴンが出たこともあり、学園は少しの間だけ休みになっていた。

そのため、いつもより朝寝坊ができる。

そんなわけで今、俺は惰眠をむさぼっている。

「んむっ……」

すると、誰かが部屋に入ってくる気配があった。

けれど、悪意は感じない。

それに鍵を持っているということは、ペルレたちの誰かだろう。

それなら問題はない。俺は再びうとうととまどろんでいた。

すると、その誰かの気配は俺のすぐ側まで来る。

「まだ寝てるのか……」

そんな声とともに、つんつんと優しくほっぺがつつかれる。

少しくすぐったいものの、まどろんでいる最中のそれはなんだか気持ちがよかった。

「もう朝だというのに……」

再びつんつんとつつかれる。

心地よく、俺はまどろみ続ける。

「かわいい寝顔をして……」

近くでもぞもぞと動く。

どうやら、ベッドに上がってきたらしい。

「ん、ぎゅー」

そして抱きつかれる。

むにゅり、と柔らかなおっぱいが押し当てられた。

「んっ……」

そのまま、すりすりと頬を擦りつけてくる。

どうやら、入ってきたのはグルナだな……。

そんなことを考えながら、このままいっしょに添い寝するのもいいだろうと思う。

「んっ……」

しかしグルナは抱きつきながら、さすさすと手を動かしてくる。

「ぎゅー♪」

そしてそのまま、俺の腰に脚をからめるようにして抱きついてきた。

「んっ。ふぅっ……んんっ？」

そして股間のあたりで、なにやら膝をぐりぐり動かしてくる。

朝勃ちの肉竿を、グルナの脚が撫でていった。

「これは……」

グルナも勃起に気づいたらしく、布団の中に潜り込んでいったようだ。

「ふむ……ここはもう起きているんだな。よしよし」

彼女の手が、ズボン越しに亀頭を撫でてくる。

「早起きできて偉いな。それじゃ、ご主人様が起きるまでかわいがってあげよう♪」

チンポに話しかけながら、グルナが俺のズボンを脱がしていった。

「ふふっ、こっちは朝から元気だな」

そう言いながら、彼女の手が肉竿をつかんだ。

しなやかな指が肉棒をつかみ、にぎにぎといじってくる。

その感触はとても気持ちがいい。

「ん、しょっ……こんなに血管を浮きあがらせて……♥」

グルナの手が肉竿を撫でていく。

「ジェイドはねぼすけだが、こっちはもう準備万端だな。れろっ……」

「――っ」

グルナがペロリと肉棒を舐めたので、思わず身体が跳ねてしまった。

頭はまだ半分寝ているような状態で、身体を動かそうという気が起きないのに、快楽には反応してしまう。

「お？」

それを察したグルナが、さらに肉棒に舌を伸ばしてくる。

「れろっ。じゅぶっ……」

彼女は口を開け、肉竿を咥えこんできた。

「あむっ……ちゅるっ……そういえば、精力旺盛な男性は、寝ている間に射精することもあるみたいだしな……じゅぶっ……」

彼女は肉竿を口内に含み、しゃぶってくる。

夢精はまた別なのでは、とぼんやり思いながら、肉竿を舐め回されていく。

「れろっ、ちゅっ、んっ……」

舌が先端を刺激し、唇が吸いつく。

「んっ……おちんぽをこんなに硬くして……♥　寝ている間に、んっ、ちゅっ……すっきりしておこうな」

彼女のフェラを受けて、もうすっかり眠れる感じではなくなった。

しかし、身体のほうはまだ起ききっていないみたいで、動こうという気はおきない。

「あむっ、じゅるっ……れろっ……」

そんな状態でフェラが続いていく。

「れろっ……ちゅぷっ……」

彼女は肉竿を舐め回し、唇で刺激する。

「ちゅぽぉっ……」

そして一度口を離すと、再び咥えこむ。

「じゅぶっ……ちゅぽっ……」

そんなふうに本気の愛撫を続けられていく内、完全に目が覚めてきて動けるようになった。

「グルナ……」

「ちゅぶっ……ん？　起きたのか。おはよう」

「ああ、おはよう」

「ちゅぶっ、んぅっ……」

挨拶だけして、再びしゃぶっていく彼女。

「なんでこんな、うっ……」

尋ねる最中にも、フェラを止める気はないようだった。

いざ身体が起きてしまうと、その刺激はより強く感じられる。

「あむっ、じゅるっ……ん、そうだな。れろっ……。朝だから起こしに来たら、れろっ……ジェイドが寝てて……」

説明しつつも、フェラを続ける彼女。

「んむっ、じゅるっ……。だけど、こっちはすごく元気だからな……れろっ、ちゅぱっ……かわいがってあげようと思って」

「そうか……」

聞いてもよくわからなかったが、寝起きということとフェラの気持ちよさで、俺の頭も回っていない。

「あむっ、じゅるっ……じゅぽぽっ……」

俺が起きたからなのか、グルナはより大きな音を立てて、肉棒を深く飲み込んできた。

「じゅぶぶっ……ちゅぱっ、じゅぽっ♪」

「うぉ……」

頭を前後させて、唇で肉棒をしごいてくるグルナ。

「んむっ、じゅぱっ……こんなに我慢汁を溢れさせて……♥　んっ、朝一の特濃ザーメン、しっかり出すんだぞ♥」

「あぅっ……」

じゅぼじゅぼと舐め尽くし、さらに舌を使ってくる。

「じゅぶぶっ……れろれろれろっ♪　ちゅぶぶっ、んっ、あふっ……ほら、おちんぽから、濃いのをいっぱい、じゅるるるっ！」

「う、あぁ……！」

グルナはそのまましゃぶりついて、頭を激しく動かす。

「朝から元気な弟のおちんぽ♥　じゅぶっ、ちゅぱっ……これをしっかり鎮めるのも姉の役目だからな、ちゅぶぶっ」

「グルナ、うっ……」

「じゅぶっ、ちゅぷっ、れろっ、ちゅぅぅっ……」

「あ、そんなにされると……」

「ほら♥　出して♪　あむっ、じゅるっ、じゅぶっ……ちゅぅっ！　張り詰めたおちんちんから、んっ、せーえき、じゅるるっ！」

「ぐっ、もうっ……」

バキュームも織り交ぜられ、俺は精液が上がってくるのを感じる。

「あむっ、じゅるっ……じゅぶぶっ……」

それを感じ取ったグルナが、ラストスパートをかけてきた。

「じゅぼっ、じゅぶっ、ちゅぽっ♥　じゅるるっ……朝勃ちおちんぽから、じゅるっ、朝一ザーメン♥　じゅるるっ、出して、じゅぶっ！」

「あぁ……！」

「じゅる、じゅぶっじゅじゅぼっ！　じゅぶぶぶっ！　れろろろっ、ちゅぱっ、じゅるっ、じゅるるるるるっ！」

「う、でるっ！」

「んむぅっ♥　ん、んんっー！」

俺はグルナにバキュームされるまま、精液を放っていった。

「んむっ、ちゅぶっ、ん、ちゅうぅっ！」

「う、出してる最中にまで、うぉ……」

射精中の肉棒にまで、容赦なく吸いついてきた。

その強すぎる刺激に、ペニスが跳ねてドクドクと精液を放っていく。

「んんっ♥　んむ、こくっ……んむっ」

そして、口内に吐き出された精液を飲み込んでいく。

「んむっ、ごっくん♪　ちゅうぅっ♥」

「あぁ……」

さらには飲み尽くした後にも、ストローのようにチンポを吸ってきた。

「ふふ、ごちそうさま♪　朝一の特濃ザーメン、あふぅっ……すっごくどろっどろで喉にひっかかっちゃったぞ♥」

満足そうに言うグルナが、笑みを浮かべる。

「ふふっ♪」

その姿はすごくかわいらしい。

俺は見惚れながらも、ようやく身を起こした。

「朝からこんなことして、寝込みまで襲うなんて……お仕置きが必要だな」

「なにを、あんっ♥」

俺はグルナの後ろに回り、そのまま彼女を押し倒す。

グルナは座った姿勢から上半身を倒したので、土下座みたいな形だ。

その丸みを帯びたお尻を、少しだけ上げさせる。

「んっ……」

お仕置きだと言っているのに、グルナは期待しているようで、とても素直に従った。

「寝込みを襲いながら、興奮してたんだな」

お尻を上げると、その下で無防備なおまんこが濡れているのがわかる。

「うっ、そりゃ、あんなたくましいおちんぽを見て、舐めていたら、んっ♥」

軽くいじると、くちゅりといやらしい音がして、花びらが開く。

そこはもう、すっかりと潤い、準備ができているようだ。

俺はそのまま後ろから覆い被さるようなポーズになった。

ベッドの上でお尻だけを少し上げて丸まっている彼女の花園に、肉棒を押しつける。

「あっ♥　ん、硬い弟ちんぽが当たって、んっ……！」

そのまま腰を進めると、ぬぷりと肉棒が沈んでいった。

「あふっ、大きいの、入ってきてるっ、んっ♥」

熱い膣内がずっぽりと肉棒を包みこんだ。

俺はそのまま、気持ちよく腰を振っていく。

「んあはっ、あっ、あぁっ……出したばかりなのに、元気なおちんぽ♥　あうっ、私の中を、ん、ああっ……！」

グルナは気持ちよさそうに声をあげていく。

「あふっ、ん、ああっ……！」

丸まるような姿勢だということもあって、ぐっと膣内が肉棒を圧迫してくる。

「あぁっ……！　ん、ふぅっ、あっ……」

ピストンを行う度に、グルナが嬌声を上げていった。

「あぅっ、ん、はぁっ……そんな、ん、奥まで、んぁっ♥」

「ぐっ、今日はすごい締めつけてくるな」

膣襞がこすれ、肉棒を絞り上げてくる。

「んはぁっ♥　あっ、ああぁっ……朝からこんな、んぅっ、あふっ……」

「最初にしてきたのはグルナだけどな」

「んぁ、ああぁっ♥」

悶える彼女のおまんこを、ぐりっとかき回していく。

「あふっ、ん、あっ、あうぅっ……！」

美女がお尻を突き出している姿勢がたまらない。その興奮で、後ろから激しく突いていく。

「あんっ♥　あっ、ん、はぁっ……んうぅっ！　あっ、んぁ、ふぅっ……ん、あうっ、んぁ、あぁっ……！」

彼女の喜びの声を聞きながら、抽送を繰り返していった。

「あぁ……んっ……あっ、はぁ、ぁ、ん、はぁ、んっ……ふぅっ、ジェイド、んぁ、あ、ああっ……だめ、ん、あぁっ……」

「朝からって言うのも悪くないな」

「あうっ、ん、そんな……はぁっ……あ、んんっ……！」

カーテンの隙間から朝の陽が差している中でするのは、いつもとは違う感じだ。

「お休みだし、ん、ふぅ、あぁぁっ♥」

「ああ、一日中するのもいいな」

「あふっ、ん、あぁっ……♥　そんなの、身体が持たな、んうぅっ……！」

もちろん、実際には無理だろう。

しかしエロいグルナの姿を見ていると、それすら可能かもしれないと思えてくる。

「あぁっ♥　ん、はぁ、ふぅっ、んっ……」

「そろそろ、ペースを上げていくか」

俺はさらに激しいピストンを行っていった。

「んはぁっ♥　あっ、あぁっ……そんなに激しくしたらだめぇっ……♥　んぁ、ああっ！　私、んうぅっ♥」

グルナの嬌声が大きくなっていく。そして膣襞もからみつき、感じているのが伝わってきた。

「んはぁっ♥　あっ、ああっ……後ろから、んぁっ、パンパン突かれて、あっ、ふぅっ、んっ……あぁっ！」

うねる膣道を往復し、粘膜を擦り合わせていく。

「あぁっ♥　硬いの、おまんこの中をいっぱい、あっ、んはぁっ……♥　もっと、んぁ、あっ、きてぇっ……♥」

「ああ、それなら今以上に、そらっ」

「んくうぅぅっ♥」

ズンッと力強く突くと、グルナがびくんと震えながら喘いだ。

「んはぁっ♥　あっ、そこ、ん、あぁっ……」

彼女の一番奥……子宮口にチンポを当てて、ぐいぐいと突いていく。

「んひぃっ♥　あっ、あぁっ……！　私の、んぁ、奥に、おちんぽこつこつ当たって、あっ、んはぁっ♥　らめぇっ！」

子宮口をノックしていくと、グルナはさらに蕩けた声で喘いでいった。

「んはぁっ……♥　あっ、だめぇっ……あふっ、んぅっ！　赤ちゃんの部屋、んぁっ、そんなにノックされたら、んぁっ……！」

子宮口がくぽくぽと亀頭を咥えこんできて、こちらもすごく気持ちがいい。

「んはぁっ……！　あ、らめぇっ、んっ♥　私の身体、んぁ、準備しちゃうっ！　おねえちゃんなのに……ジェイドの子種をお迎えして、んぁっ♥　孕む準備をしちゃうからぁっ……」

「うっ……」

ダメと言うグルナとは裏腹に、膣襞がぎゅっと肉棒を締めつけ、子宮口が吸いついてくる。

言葉の通り、身体のほうは種付けを求めているみたいだ。

「あぁ♥　すごいの、んぁ、あっ、お腹の奥まで、んぅっ、キュンキュンして、あっ、んぁっ♥」

「う、あぁ……グルナ……」

そんな孕みたがりおまんこに擦り上げられ、俺も雄《オス》の本能が焚きつけられてしまう。

目の前の美女を孕ませたいという欲求が膨らみ、強い子種を作ろうと睾丸が活性化する。

「んひぃっ♥　ピストン、また力強く、んぁっ♥　奥にきて、私、もうっ、あっ、んはぁっ！　あう、んくぅっ……！」

「ぐ、あぁ……」

俺は昂ぶりのまま腰を打ちつけた。

「あつあっ♥　らめっ、んあぁっ、はぁ、ん、イクッ！　もう、すごいのぉっ、あっ、イクイクッ！んあぁぁぁぁぁぁっ♥」

「うぐっ……！」

嬌声を上げながら、グルナが絶頂した。

おまんこがぎゅむっと肉棒を絞り上げてくる。

俺ももう止まれない。気持ちいい最後に向けて腰を振っていった。

「んひぃぃっ♥　あ、あああっ！　イってるおまんこ、そんなに突かれたらぇっ♥　すごい、んぁ、奥まで受け入れて、気持ちよすぎて、んぁっ……！」

「ぐっ、もういくぞ！」

俺は最高の射精の予兆を感じながら、ラストスパートをかける。

「んはぁっ♥　あっあっ♥　イキながらイクゥッ！　おちんぽに貫かれて、おかしくなりゅぅっ♥　んぁ、あっ♥　あぁっ！」

「出すぞ！」

びゅくんっ、びゅるるるぅっ、どびゅびゅっ！

俺は彼女の一番奥に、チンポをくぽりと咥えられながら射精した。

「んはぁぁぁぁっ♥　あっ、ああっ……！　熱いザーメン、んぅっ私の子宮に、直接びゅーびゅー注がれてるぅっ♥」

「う、あぁ……」

蠕動する膣襞が肉棒を締め上げ、精液を搾り取っていく。

子宮口までが、余さずに吸い上げてくるかのようだ。

「あぁ……♥　あふ、ん、はぁっ……」

グルナは中出しでまた絶頂し、快楽に流されていく。

「あふっ……ん、あぁ……♥」

一滴残さずに搾り取られ、俺も満足と倦怠感で倒れ込んだ。

「あぁ……♥　すごい♥　こんなの、んっ……」

グルナのほうは、イった姿勢のままだ。

突き出されるようにしたお尻からは、とろとろと愛液がこぼれている。

しかし精子のほうは、しっかりと奥に注ぎ込んだためか、ほとんど流れていない。

たくさん出した実感があるだけに、不思議な感じだ。

「あうっ、ん、はぁ……♥　あぁ……♥」

おまんこ穴から精液が垂れる光景もエロくて大好きだが、しっかりと注ぎ込むというのもいいものだな。

今、グルナのお腹には、俺が注ぎ込んだ精液がいっぱいに詰まっているのだ。

そう考えると、ものすごく滾るものがある。

「あふっ、ジェイド、んっ……」

身を起こした彼女が、俺に抱きついてくる。

「お腹の中、ジェイドの子種でいっぱいだよ」

そう言ってお腹を撫でる仕草も、妙に色っぽい。

俺はそんな彼女を抱きしめて、そのまま抱き合って横になる。

朝から激しく交わり、だらだらと過ごすのもいいだろう。

ぼんやりとそんなことを思うのだった。

エピローグ　最強錬金術師のハーレム

ドラゴン戦からしばらくの時間が過ぎ、街はもうすっかり落ち着きを取り戻している。

ドラゴンを倒したということで、俺たちは英雄視されることもありつつ、学園自体は通常授業に戻っていった。

もう、街中でも学園でも、劣等紋だから、と俺をバカにする者はいなくなっていた。

実績が知れ渡り、反論の余地がないからだろう。

下手に喧嘩を売っても危ないしな。

今はむしろ、憧れで声をかけられることすら多くなっている。

そんなわけで少し賑やかになったが、まあ好意的に来られれば悪い気はしない。

そんな賑やかさも、ヴィリロスがそばにいることもあり、ある程度は抑えられていた。

ドラゴン退治で一躍有名になっただけで、庶民で特に目立つところもない俺はともかく、上位貴族であるヴィリロスは、やはり気軽に声をかけるには畏れ多いという面があるのだろう。

おかげで俺も、囲まれすぎることはない。

そんな感じで問題なく学園生活を送っていき……。

夜はもちろん、彼女たちに囲まれているのだった。

今日も三人が俺の部屋を訪れ、競うように迫ってきている。

「ほら、ジェイド、横になって」

「ああ……」

グルナに促されて横になると、すぐにヴィリロスがまたがってくる。

「ふふっ……わたくしたちで、たっぷりかわいがってあげますわ♪」

そう言って、俺の服に手をかけてくるヴィリロス。

「ジェイドくんのここ、もう期待してるみたいだね♪」

三人の美女に囲まれ、押しつけられる身体の柔らかさと、異性のいい匂いに反応し始めた肉竿を、ペルレが優しく撫でてくる。

その手つきは気持ちよく、癒やしと興奮を同時に与えてくるかのようだ。

「さすさすー」

「ん、しょっ……脱がしていきますわね」

「それじゃ、私はその間に、ん、ちゅっ……♥」

ヴィリロスが服に手をかける間にも、グルナが口づけをしてくる。

「ん、ちゅっ……れろぉ♥」

彼女は俺の頬を押さえるようにしながらキスをして、すぐに舌を入れてきた。

「んむっ、ちゅっ……れろっ……」

グルナはそのまま舌をからめてくる。

「んむっ……ちゅっ……」

それに応えるように、俺も舌を伸ばしていった。

その間に、ヴィリロスとペルレが俺の下半身を脱がせてしまう。

「わたくしたちはこちらを……」

「ぺろっ……」

ふたりは肉竿へと舌を伸ばしてきたようだった。

「れろっ……」

「ちゅぷっ……」

「ちろろっ」

肉竿が温かくぬめった舌に舐められ、キスの感覚と合わさって気持ちがいい。

「れろれろれろっ……」

「あむっ、ちゅぱっ……」

「んむっ……れろっ……」

グルナに舌を愛撫され、ふたりに肉棒を舐め回されていく。

三人の舌で舐め回されて、俺はどんどんと気持ちよくなっていった。

「れろろろっ……」

「んむっ、ちゅぱっ……おちんちん、おおきくなってきてるね♥」

「ええ、こんなにたくましくなって……れろぉっ♥」

勃起竿をふたりが舐め回してくる。

「あむっ、ちゅぷっ……」

「れろ、ぺろぉっ……」

二枚の舌が、裏筋や幹を自由に舐めていく。

それぞれの動きが、ひとりでは出せない刺激となって襲いかかってきた。

「あむっ、ちゅぷっ……」

「れろれろっ……」

ふたり分の舌に肉竿を舐め回されながら、グルナにもキスでむさぼられていく。

「ふふっ、かわいい顔してるな……ちゅぷっ……」

フェラ奉仕で感じている俺を見ながら、グルナが舌をからませてくる。

三人の舌愛撫でますます蕩かされていった。

「あむっ……ちゅっ」

「れろっ……ちろろろっ……」

「ちゅぷ、れろぉっ♥」

そうしてしばらくされるがままになっていると、グルナが唇から口を離した。

「ずっとキスをしながら、おちんちん舐められていると、ジェイドも息が苦しくなってくるだろうしな。次は私もこっちへいこうかな……」

そう言ってグルナも下半身へ降りていく。

「どうぞ、れろっ……」

そう言って、ペルレがグルナに場所を空ける。

「ありがとう、れろぉっ♥」

そしてグルナの舌までが、肉棒を舐め始めた。

「ちゅぷっ……」

「れろろっ……」

「ちろっ、ちゅぱっ……」

今度は三人の舌が、ところせましと肉棒を舐め回していく。

「あむっ、れろっ……」

「大きなおちんぽ♥　わたくしたちの舌で、れろっ、ちゅぷっ……すっかりぬらぬらといやらしく光ってますわ♪」

「ああ……♥　れろろっ……三人分の舌でなめなめされて、んぁっ……♥　れろっ……こんなに硬く、ちゅぱっ……」

肉棒を舐め回されていると、どんどんと快感が蓄積していく。

さすがに三人ともがチンポに顔を寄せていると狭いので、充分には動けていない。

気持ちはいいが、もう一歩、射精には届かないもどかしさを与えてくるのだった。

「れろろっ……ちろっ……」

「ぺろぉ♥」

「ふふっ、ジェイドくん、もっと激しくしてほしいって顔になってますね♪　それじゃ、おちんぽはおふたり任せて、んっ……」

ペルレが肉竿から口を離す。

「ほう、それじゃその分、ちゃんと気持ちよくしていかないとな。れろれろれろっ」

「わたくしも頑張りますわ♥　ちろろっ、ちゅぷぷっ……」

再びスペースが空いた分、ふたりは大胆に舌と唇を使い、肉棒を刺激してくる。動きの増えた分、より直接的に射精を促す動きができるようになり、俺の腰も少し上がってしまった。

「れろろろっ……♥」

「ちゅぷっ、ちゅぱっ。れろぉっ♥」

そしてペルレは、ふたりよりもさらに下へと動いた。

「わたしは、ジェイドくんのタマタマを、ぺろぉっ♥」

「おうっ……」

肉棒とは違う刺激に、声を漏らしてしまった。

「袋の中のタマタマを、舌で転がして、れろろっ……」

彼女の舌が睾丸を乗せ、くすぐるように動いてくる。

肉棒のような直接的な気持ちよさではないが、温かくてくすぐったいような快感がきた。

「れろっ……ころころー♥」

「あむっ、じゅぷっ、ちゅぽっ……」

「れろろろっ……ぺろ、ちろろっ……」

肉棒への責めも続いていく。三人に性器全体を舐め回されては、快感に流されていく一方だ。

「このタマタマでいっぱい精液作って、れろっ……今日もわたしたちの中に、いっぱい出してね？ れろろっ……」

俺がうなずくと、ペルレは睾丸を舌で舐め回し、活性化を促していくようだった。

「あむっ、じゅるっ……」

「れろっ。ちろろっ……」

その間にも、ふたりはペニスのほうを愛撫していく。

「あーむっ、じゅぽっ♥」

「れろろっ……」

肉竿の先端や幹を、それぞれの舌で舐め回されていく。

「あむっ……ちゅぷっ……先っぽから、んむっ、れろっ……我慢汁が溢れてきてますわ……♥ ほら、れろぉっ♥」

ヴィリロスが鈴口を舐め上げて、先走りを舐めとってくる。

「私はこっちを唇で、んっ……しこしこー、ちゅぷっ……」

「あぁ……！」

グルナはその唇で肉棒を挟み込んでしごきはじめた。

「あむっ、じゅるっ……ちろちろっ……」

「れろろっ……」

「ころころー、れろっ……タマタマ、ぐって上にあがってきたね」

ペルレが舌で玉を持ち上げてくる。

その舌使いに促されるように、精液が上り詰めていった。

「んむっ、先っぽが張り詰めてますわ……♥　ちゅぽっ……れろろろっ。そろそろですの？　ちゅぅぅっ……！」

「あぁっ……！」

男性器全体への舌愛撫で、俺は昂ぶっていく。

「タマタマを支えるようにして、精液をぐっと押し出していくね。ころころっ……れろれろっ」

「竿をしごいて、射精を促すように、じゅぶっっ、ちゅぽっ、ちゅぽっ♥」

ふたりが責めるのを見て、ヴィリロスも追い込みをかけてくる。

「それでは、一気にいきますわよ。じゅるるっ！　じゅぶっ、ん、ふぅっ……ちゅぽっ、じゅぶぶぶぶっ！」

「う、出るっ……！」

「しゅぶぶっ、ちゅぶっ、じゅぼぼぼぼっ！」

最後にヴィリロスのバキュームを受け、俺は美女たちに向けて射精した。

「んむっ、んんっ♥」

跳ねる肉棒が、その口内を精液で満たしていく。

「んむっ♥ ん、ごっくん♪」

先端を咥え込んでいたヴィリロスが、そのまま精液を飲み下していった。

「あふぅっ……いっぱい出ましたわね♪」

ヴィリロスが妖艶な笑みを浮かべて言った。

「ジェイドくん……」

「次は私たちのここに、な？」

ペルレとグルナがアピールしてくる。

俺としても、こんな美女たちに囲まれて、一発だけで満足できるはずがなかった。

「三人とも、服を脱いで四つん這いになってくれ」

「ふふっ♪」

俺が言うと彼女たちはすぐに従い、自らの服を脱いでいく。

彼女たちの魅力的な肢体が露《あらわ》になった。

細い身体に、大きなおっぱい。

柔らかそうに揺れるその双丘が三人分ともなると、目移りしてしまう。

そんな彼女たちが、俺が指示したとおりに、はしたなく秘部を晒して四つん這いになっている。

「あふっ……もう、濡れちゃってる……」

「ジェイドくんのおちんぽを舐めてたら、こんなに……」

「あふぅっ……わたくしもですわ。あっ……」

美女たちがこうして俺を求めてくれるのは、とても豪華で満たされるものだ。

「ジェイド、ほら」

そう言ってグルナがもうすっかりと潤った蜜壺をこちらへと見せつけてくる。

「わたしも、ジェイドくんがほしいです」

隣でペルレがお尻を振って俺を誘った。

「わたくしも、もうこんなに準備ができてますわ」

ヴィリロスは自らの指で、くぱぁとおまんこを広げてアピールしてくる。

そんなふうに彼女たちに求められ、俺は滾るまま彼女たちへと向かった。

「それじゃ、いくぞ」

俺はまず、一番左にいるペルレのお尻をつかむと、そのおまんこに挿入していった。

「あんっ、ん、ふぅっ……」

もうすっかりと濡れているおまんこは、しっかりと肉棒を咥えこんでからんでくる。

比べてみると、ペルレの秘穴がいちばん狭いかしれない。しかし、その媚肉は柔軟性にあふれ、俺のピストンに心地よい快感を与えていた。

「んはぁっ♥　あっ……んふぅっ、あっ、んぁっ……」

悶えるペルレの横で、グルナも小さく身体を揺らしている。

その陰裂からは愛液が溢れていた。いやらしく誘うおまんこを見せつけられて、俺は一度肉棒を引き抜くと、今度はグルナに挿入していく。

「んはぁぁっ！　おちんぽ、はいってきたぁ♥」

最も俺に馴染んだ、グルナの蜜壺を突いていく。肉厚で温かく、包み込まれるような感触だ。

引き締まった身体による、きつい締めつけもたまらない。

「あっ♥　ん、ふぅっ、あふっ……」

そして次はもちろん、最後まで待ってくれていたヴィリロスだ。

俺は肉竿を引き抜くと、ヴィリロスのピンクのおまんこに突き刺した。

「んくうぅぅっ！　いきなりそんな、あんっ♥」

お嬢様の清楚な秘穴への挿入は、何度してもまだまだ興奮する。ヴィリロスが恥じらいをなくさないのも大きいだろう。俺は昂りのまま、ハイペースで抽送を行った。

ぬぷぬぷといやらしい音を響かせながら蜜壺をかき回し、再び引き抜く。

「んぅっ♥　あっ！」

抜くときにも膣襞にこすれ、ヴィリロスが快感の声を上げた。

そして俺は、またペルレのおまんこに戻って肉棒を挿入する。

「あふっ、んぁっ♥」

ペルレが肉棒を受け入れて悶え、艶やかな黒髪を振り乱した。

吸いついてくるおまんこを擦り上げて、ある程度ピストンしたところでまた隣へ。

「んくぅっ♥　あ、おちんぽ、戻ってきたぁ……♥」

そうやって、三人のおまんこをかわるがわる楽しんでいく。

「あふっ、んぁ、あっ、ああっ……♥」

「んはぁっ♥　あっ、もっと、んくぅっ……」

「あんっ♥　あっ♥　ん、はぁっ……！」

美女三人のおまんこを、快楽のためだけに好きに使うのは、ものすごい豪華な感じだ。

その贅沢さを味わい、俺は彼女たちのおまんこを順番に突いていった。

「あんっ、ん、はぁっ♥」

「あふっ、んあっ、あっ……」

「んくぅっ……あっ、ふぅ、んっ……♥」

三人の嬌声を聞きながら、何度も何度もおまんこを犯していく。

膣襞がこすれ、どの肉穴も喜びながら肉棒を締めつけてくる。

そうしている内にもどんどんと気分が高まり、俺の限界が近づいてきた。

「ぐっ、そろそろ……かも」

「んぁっ、ふぅっ、いいぞ、ジェイド。私の中に……」

グルナがそう言うと、きゅっと膣道を締めてくる。

「うっ……」

思わず暴発しそうになり、俺はそのままグルナのお尻をがっしりとつかむと、勢いよく腰を振っていった。

「んはぁぁ♥　あっ、それ、奥まで、んぁっ！　ズブズブきてっ、あぁっ……♥　ん、あふぅっ♥　んぁっ……！」

先ほどまでならこのあたりで交代していたが、今はもう我慢できない。

俺はそのまま孕ませるつもりで、グルナのおまんこを犯していく。

「んはぁっ♥　あっ、だめぇっ！　んぁ、イクッ！　ジェイド、んぁ、中に、ああっ、んぁっ、んはぁぁぁっ♥」

「ぐっ、このまま……」

俺は激しくピストンを行い、お互いの粘液でぐしょぐしょの膣襞を擦り上げた。

「んぁっ♥　あっあっ♥　もう、あっ、イクッ！　んはぁっ、ああっ……！　イクイクッ！　イックウウゥゥゥゥッ！」

背中をのけぞらせながら、グルナが絶頂する。膣道が収縮しながら肉棒を締め上げた。

俺はその絶頂おまんこを力強く突いていく。

「んはぁっ♥　あっ、イってるのに突かれると、んぉっ♥　あっ、んはぁっ！　んぅぅっ、あっ、あっ……！」

「ぐっ、出るっ……！」

俺はぐっと腰を突き出し、グルナのいちばん奥で果てた。

「んはああっ♥　あっ、ああっ、イってるところ突かれて、せーえきベチベチあたって、またイくうううぅぅっ♥」

グルナが再び絶頂し、そのまま脱力していった。俺はそんな彼女から肉棒を抜いていく。

「もう、ジェイド、わたくしたちも忘れないでくださいな」

そう言いながら、ヴィリロスが俺に飛びついてきた。

彼女はそのまま俺を押し倒すとまたがり、肉棒を自らの膣口へと導いていく。

「うお……」

射精直後の肉棒が、ヴィリロスのおまんこにぱっくりと咥えこまれてしまう。

「んはっ、ふぅっ、んっ……！」

ヴィリロスはそのまま騎乗位で腰を振っていく。

俺はそんな、乱れっぱなしの彼女を見上げた。

「んんっ、ふぅ、あぁっ……」

射精後のペニスには刺激が強く、最初はされるがままだったが、だんだんと感覚が戻ってくる。

そこで俺は、こちらから突き上げていくことにした。

「んはあぁっ♥」

ヴィリロスがそれに、敏感に反応する。

元々、途中で挿入を止められていたヴィリロスだ。

俺のほうだけが一度出しているため、落ち着きを取り戻している。

そのため、責め始めると一気に形成は逆転した。

「んぁっ、あっ、ああっ……！」

彼女は嬌声を上げて、俺の上でされるがままに乱れていった。

「あんっ♥　あっ、ダメですわ、そんな、ああっ……♥」

俺はそのまま、突き上げるようにピストンを繰り返す。

「んふぅっ♥　あ、そんなに、んぁっ♥　あっ」

ヴィリロスは大きなおっぱいを揺らしながら喘いでいく。全裸だから、その迫力もすごい。

そんなエロい姿に昂ぶり、俺の腰はさらに力強くなっていった。

「んはぁっ♥　あ、もう、イってしまいますっ♥　突き上げられて、おちんぽ、わたくしの奥をぐりぐり、んぁっ♥」

ヴィリロスを見上げながら、おまんこを必死に突き上げる。

「んぁっ！　あっあっ♥　イクッ！　もう、んぁっ、すごいのぉっ♥　あっ、んはぁっ、あああぁぁあっ！」

ヴィリロスは耐えきれずに、思いきり絶頂していった。

「んはぁっ♥　あっ、あぁっ……♥」

そのまま俺の上で、快楽の余韻に浸っていく。

俺はそんな彼女を支えるようにしてベッドに寝かせ、残ったペルレのおまんこに挿入する。

「んふぅっ♥　あっ、あぁ……」

再び後背位になって、いつまでも清純なままのペルレを犯していった。

「あぁっ♥　すごい、そんなに激しく、んぅっ♥」

ぐちゅぐちゅのおまんこを往復し、擦り上げていく。恋人のように楽しむことが多いペルレとのセックスだが、こうして後ろから突き込むのも最高だ。

「あふっ、あっ、あんっ♥」

彼女はシーツを握るようにしながら、強引な快楽を受け止めていった。

丸みを帯びたお尻をつかみ、腰を最初から激しく打ちつけていく。

「あぁっ♥　んはぁっ、あぅっ……♥」

きゅっと肉棒を締めつけてくるおまんこ。

激しいピストンの連続で、俺のほうもまた射精欲が増していった。

「あっ、んはぁっ♥　あっ、あああっ……♥　おちんぽ、わたしの中で、あっ♥　んぁっ、大きくなって、んぅっ……！」

三度目の膣内射精に向けて、これまでのよりももっと強く、最奥までを犯すように突き込む。

「このままいくぞ」

「んはっ♥」

激しい腰振りで、柔らかな膣襞を擦りあげていく。やはり、ペルレの中はとてもキツい。そんな違いもまた、ハーレムを楽しむ男としてたまらなかった。

「あぁっ……♥　んはぁっ、あんっ！」

粘膜を擦り合わせ、欲望のままに腰を動かす。

「あぁっ♥　わたしの奥まで、みっちりおちんぽで埋められて……♥　あぁっ！　ズブズブ、いっぱい突かれて、あぁっ♥」

「ぐっ、ペルレ……中がすっかり俺のかたちになってるよ。ぎゅうぎゅうでもう……そろそろ……出すぞ！」

限界が近づいた俺が声をかけると、彼女がうなずいた。

「きてぇっ♥　わたしの中に、んぁっ♥　あっ、ああっ！　精液、いっぱい出してぇっ♥　あっぁっ♥　んはぁっ……！」

「ああ、いくぞ」

俺はラストスパートで腰を振り、その愛らしくも貪欲なおまんこをかき回していった。

「んぁっ♥　あっあっ♥　イク……！　あっ、すごいのぉっ♥　んぁ、ああっ、イクイクッ、イッククウゥウゥウゥッ！」

びくんっ、びゅるるるるるっ！

俺はそのまま、彼女の中で思いきり射精した。最後とは思えないほどの量が飛び出していく。

「あああぁぁぁ……♥」

望み通りに大量の中出し精液を受けて、彼女が声を漏らす。

「すごいのぉ……♥　熱いのが、いっぱい、出てるぅっ……♥」

うっとりとした顔で、俺の欲望を受け止めていった。膣襞が肉棒をまだまだ締め上げ、しっかりと精液をしぼりとっていく。俺は彼女の中に全部を出し切り、そっと肉棒を引き抜いた。

「ふぅ……」

さすがに体力的にも限界だ。俺はそのままベッドへと転がった。

すると彼女たちが、誰からともなく俺のほうへ来て抱きついてくる。

「ジェイド……」

「んっ、ぎゅー♥」

俺は裸の美女三人に囲まれ、その幸せな柔らかさに包まれていった。

むにゅむにゅと当たるおっぱいの心地よさと、女の子のいい匂いに包まれていく。

それはとても幸福で落ち着くものだった。

「今日もいっぱいしたね……」

「でも、明日はお休みですわ……だから起きたらまた、ね？」

ヴィリロスが、さすがにもうおとなしくなったチンポを優しく撫でてくる。

そんなふうに求められたら、明日にはまた元気になっていることだろう。

「一日中みんなでするのも、たしかに良さそうだね」

そう言いながら、ペルレがおっぱいを押しつけてきた。

彼女たちに囲まれる、幸せなハーレム生活。これがこの先も続いていくのだ。

いつかは卒業を迎え、グルナと共に森へと帰るのだろうか。

あるいは、ほんとうに冒険者になってみるとか？

捨てられていた俺の未来は大きく変わり、まだどうなるのかはわからない。

それでも俺は今この瞬間、大きな幸福感に包まれながら眠りへと落ちていくのだった。

あとがき

みなさま、こんにちは。もしくははじめまして。赤川ミカミです。

嬉しいことに、今回もパラダイム様から本を出していただけることになりました。

これもみなさまの応援あってのことです。本当にありがとうございます。

さて、今作は落ちこぼれだと思われて捨てられた主人公が、神々に鍛え上げられることで知らぬうちに最強になり、ハーレムを作る話です。


本作のヒロインは三人。

クラスメートであり、劣等紋を気にせず話しかけてくれる美少女のペルレ。明るく元気な女の子で、クラスでも密かに人気があるようなタイプです。

貴族の子女や飛び抜けて優秀な天才がいる中、これといった派手さはないものの、親しみやすい立場です。

気さくで賑やかな女の子は、空気が明るくなっていいですよね。

次に自身も神である美女のグルナ。主人公が来るまでは一番年下であったため、彼には姉として振る舞い、なにくれとなく構ってきます。

一見落ち着いた雰囲気だけれど少しずれているのに、自分ではそれに気づかず姉ぶって胸を張るところが魅力です。

姉は弟の面倒をみるもの……と思い、はりきっている彼女は、もちろん夜のお世話も一生懸命してくれます。

最後は貴族のお嬢様で成績優秀でもあるヴィリロス。同年代では負け知らずだった彼女は、自分よりもすごい主人公に驚き、近づいてくるようになります。

能力に目をつけている分、多くの人とは違って劣等紋を気にしない彼女ですが、ライバル心から最初は素直になりきれない部分も。

そんなヒロイン三人とのイチャラブハーレムを、お楽しみいただけると幸いです。


それでは、最後に謝辞を。

今作もお付き合いいただいた担当様。いつもありがとうございます。またこうして本を出していただけて、本当に嬉しく思います。

そして拙作のイラストを担当していただいた「或真じき」様。本作のヒロインたちを大変魅力的に描いていただき、ありがとうございます。特にカラーイラストのハーレム感や、ヒロインたちの表情、エロい体つきが最高です！

最後にこの作品を読んでくれた方々。過去作から追いかけてくれた方、今回初めて出会った方……ありがとうございます！

これからも頑張っていきますので、応援よろしくお願いします。

それではまた次回作で！

二〇二一年一月　赤川ミカミ

キングノベルス

劣《れっ》等《とう》紋《もん》を持《も》つ錬《れん》金《きん》術《じゅつ》師《し》、神《かみ》々《がみ》に育《そだ》てられ望《のぞ》まず最《さい》強《きょう》に！

2021年 1月29日　初版第1刷 発行

■著　　者　　赤川ミカミ
■イラスト　　或真じき

発行人：久保田裕
発行元：株式会社パラダイム
〒166-0004
東京都杉並区阿佐谷南1-36-4
三幸ビル4A
TEL 03-5306-6921
印刷所：中央精版印刷株式会社

本書の内容を無断で複製・複写・放送・データ配信などをすることは、かたくお断りいたします。

落丁・乱丁はお取り替えいたします。

定価はカバーに表示してあります。

©Mikami Akagawa ©Arumajiki
Printed in Japan 2021

KN086

転生前に貯金全額ぶち込んだら、
最強の付与術師に
なりました
魔力をinしてすぐ最強!
即席ハーレムパーティーも
絆パワーはMaXです♥
成田ハーレム王
Narita HaremKing
illust:或真じき
アルムの能力は付与魔術。転生前に全財産を「来世貯金」につぎ込んでいたことで破格のポイントがあり、最強の能力となっている。その力で貴族令嬢マティを救ったアルムは、彼女と共に冒険者の道を歩きだす。魅惑の仲間も次々増えて、ハーレムパーティは注目の的となるが!?
KiNG novels